二次谋杀奇案

The Case of the Late Pig

［英］玛格丽·阿林厄姆 著

季 霜 译

上海文艺出版社
上海故事会文化传媒有限公司

编委会

总策划 夏一鸣

主　编 黄禄善

副主编 高　健

编辑成员（按姓氏拼音为序）

蔡美凤　高　健　洪圣兰　胡　捷

黄禄善　吴　艳　夏一鸣　杨怡君　朱崟滢

名家导读

/ 吴宝康

吴宝康，博士，上海海关学院外语系退休教授。英国皇家特许语言家学会中国分会专家委员会委员，上海对外经贸大学澳大利亚研究中心校外研究员，上海市翻译家协会会员，上海市外文学会会员。澳大利亚墨尔本 La Trobe 大学访问学者和澳大利亚悉尼大学访问学者。

英国女侦探小说家玛格丽·阿林厄姆 (Margery Allingham) 的《二次谋杀奇案》(The Case of the Late Pig, 1937) 系该作者笔下大侦探艾伯特·坎皮恩系列作品之一。本册《二次谋杀奇案》译本除中篇小说《二次谋杀奇案》之外，还包含了几个短篇故事，分别为《幸运数字——三》《相机里的证据》《正反博弈》以及《玩笑的尽头》。在中篇故事《二次谋杀奇案》中，侦探艾伯特·坎皮恩作为主角登场，其余的短篇小说中也大多闪现着他的身影。

玛格丽·阿林厄姆于 1904 年 5 月 20 日出生于英国伦敦，不久全家迁居埃塞克斯。玛格丽·阿林厄姆的家庭颇有文学氛围，其父赫伯特和其母艾米丽·简都是作家。父亲写过一些通俗小说，母亲则为几本妇女杂志写些小故事。阿林厄姆自幼即崭露出写作才能。她上学时就开始着手写作一些故事和剧本，8岁时创作了一个故事，并将其发表在姑姑的杂志上，获得了她写作生涯中的第一笔稿酬。

1920年，阿林厄姆回到伦敦，邂逅了菲利普·杨曼·卡特，两人于1927年结婚。此后，已是成功画家的丈夫一直与她通力合作，并为她的多部小说亲自设计护封。19岁时，阿林厄姆在几次降神会上听到了一些故事，由此获得灵感，创作出版了她第一部小说《黑方巾迪克：莫西岛传奇》(Blackkerchief Dick: A Tale of Mersea Island, 1923)。故事以17世纪的莫西岛为背景，叙述了当时一些走私者的冒险经历。该书出版后颇受欢迎，却没有带来收益。

此后，阿林厄姆虽然尝试过戏剧或严肃文学创作，但均感不适。最终她决定转向侦探推理小说，并于1928年出版了第一部侦探小说《白色庄园迷案》(The White Cottage Mystery)，就此开始了作为侦探小说作家的创作生涯。在出版了三部小说后，阿林厄姆在《布莱克·杜德利庄园凶杀案》(The Crime at Black Dudley, 1929)中开始了艾伯特·坎皮恩(Albert Campion)侦探系列小说创作的出版。事实上，坎皮恩起初是以次要人物的身份出现，但随着阿林厄姆的创作手法日臻完善，阿林厄姆的忠实读者数和故事销售量随之稳步增长，侦探艾伯特·坎皮恩也就顺理成章地成为其后17部小说和20余篇短篇小说的中心人物。从这个意义上来说，《布莱克·杜德利庄园凶杀案》可谓阿林厄姆文学创作上的一个重要突破和转折点。

1929年，阿林厄姆和丈夫迁居到埃塞克斯。1934年，他们买下了达西庄园(D'Arcy House)，不久后二战爆发，埃塞克斯成为被入侵的目标，丈夫也参军卫国。1941年，阿林厄姆出版了一部纪实作品《橡木之心》(The Oaken Heart)，记录了战时德国曾计划入侵埃塞克斯，埃塞克斯的居民将被置于潜在的作战前线，因而使英国人产生了恐惧情绪，决心捍卫祖国的真实情形。

阿林厄姆晚年不幸罹患乳腺癌，1966年6月30日病逝于英国科尔切斯特市的一家医院，享年62岁。她的丈夫遵照她生前的嘱托，替她完成了遗作《鹰的货物》(Cargo of Eagles)，该作品出版于1968年。

从1929年创作出版第一部坎皮恩系列故事起，直到1966年去世，阿林厄姆几乎每年发表一部作品，主要是长篇小说，也有中篇小说和短篇小说集。而其侦探小说的艺术魅力可以说经久不衰，至今仍有读者群。2004年，澳大利亚兰登书屋出版社开始实施重新刊印出版阿林厄姆小说的计划，迄今为止，已经重新出版了从《布莱克·杜德利庄园凶杀案》到《鹰的货物》等19部主要作品。1989年至1990年，英国BBC广播公司播出了改编自坎皮恩侦探系列小说的电视连续剧，备受观众欢迎。而早在1956年，小说《烟中之虎》(Tiger in the Smoke)就已经改编成电影了。

阿林厄姆善于塑造具有真实感的人物。侦探坎皮恩令人印象深刻，并不在于他如何大智大勇，神奇地侦破迷案，恰恰相反，这个人物平易近人，往往后知后觉，并无机敏过人之处，有时甚至显得被动笨拙，因而更加真实可信。虽然小说中侦探坎皮恩出身高贵，属于上层社会，但他既能与各种政府官员周旋，也能与底层社会的民众沟通。小说揭露了当时伦敦下层社会里的种种阴暗面，在这一点上，有人甚至将她与批判现实主义作家狄更斯相比。

在小说《二次谋杀奇案》中，侦探坎皮恩大智若愚，带着来自社会底层、时不时与他拌嘴争吵的助手勒格，协助利奥侦破了恶猪彼得斯及其叔叔海霍两人分别遭遇的凶杀案，透过重重迷雾，一举找出了真凶，将其绳之以法，伸张了社会的正义。在小说中，他参加了童年时邪恶伙伴恶猪彼得斯的葬礼，几个月后，坎皮恩居然又在警察局看到了恶猪彼得斯的尸体，死亡时间绝不会超过12个小时。真是匪夷所思！死去的恶猪彼得斯对警长自称奥斯瓦德·哈里斯，这究竟是怎么回事呢？恶猪彼得斯明明已死了几个月，怎么又突然冒出来再被人谋杀一次呢？死者究竟是什么身份？而侦探坎皮恩又如何破解这桩谜案呢？阿林厄姆一开始就成功地设置了这些奇特的悬念，激发起读者强烈的好奇心。

当然，若要侦破这类奇特的谜案绝非易事。小说中的坎皮恩并无过人之处，不可能料事如神，他自己也承认："我不是那种聪明绝顶的神探。我的大脑不像计算器一样，一边输入信息一边高速运转。"所以，坎皮恩力所能及的只是仔细勘察，严谨思索，正如他自己形容的那样："我更像一个一手提着麻袋一手握着尖棍的人，先是收集一切零碎杂物，再在午饭时把所有物品都倒出来加以研究。"尽管如此，坎皮恩破案也非一帆风顺。事实上，他从一开始就误入歧途，以致根本没有清晰的破案头绪。他后来感叹道："那时我的想法完全驴唇不对马嘴。不仅仅问题搞错了，一切都不在正确的轨道上。"

阿林厄姆构思的情节常有出人意料之处，一波三折，这也是她侦探小说畅销的秘诀之一。比如，有个埃菲·罗兰森小姐突然冒出来声称是坎皮恩的女友，实际上坎皮恩只在恶猪彼得斯葬礼上见过她一面而已，忽而她又承认自己是恶猪彼得斯的女友，已到谈婚论嫁之时，因不相信彼得斯真的已死才慕名找到坎皮恩，以求真相，不想却又第二次听到彼得斯的死讯。她想亲眼确认彼得斯的尸体，及至半夜，她跟坎皮恩到了警察局发现尸体竟然失踪了！坎皮恩送埃菲小姐回旅馆时，忽然又巧遇少年时的同学吉尔伯特·惠比特，后者建议坎皮恩不妨去河里找找尸体。而当坎皮恩返回警察局时，恰好碰到自称不慎掉进水沟里浑身湿漉漉的牧师，情形委实蹊跷。凌晨时分，坎皮恩独自步行回去时，又遇到了自称是彼得斯叔叔的老头海霍，海霍要求他支付一笔钱款即可向他透露有利于破案的信息……就在案情有点眉目之际，彼得斯的叔叔海霍突遭凶杀。之后，坎皮恩的助手勒格在接了一个神秘电话后突然不辞而别，消失得无影无踪，这些情况又给破案增添了变数和难度。及至最后，热衷于打探案情，同时也积极提供线索的疗养院医生布莱恩·金斯顿邀请侦探坎皮恩共同去勘探一处自己新发现的可疑房屋。该房屋坐落于偏僻之处，毫不引人注目。两人冒险前往，坎皮恩差点遭到杀身之祸。

尽管坎皮恩相貌平凡，却能深深地打动读者。他之所以广受读者欢迎，除了敢于凭一己之力匡扶社会正义之外，还在于甘冒风险，对疑案一究到底，从不轻言放弃，甚至在生命遭遇危险时也在所不惜。在《二次谋杀奇案》中，警长女儿珍妮特·普斯芬特小姐曾劝坎皮恩："回到镇上去吧，艾伯特，放弃这桩案子，别再查下去了。"面对心仪女人的善意关心，坎皮恩直截了当地回答说："我绝对不可能放弃。"反观恶猪彼得斯和海霍以及凶手之类，他们个个利欲熏心，贪得无厌，毫无人性可言。而坎皮恩最终胜利破案则寓意着正义的力量必将压倒邪恶的势力。

借助现代媒体的传播，侦探坎皮恩的故事广为流传，为阿林厄姆博得了不少赞誉。马尔科姆·布拉德伯里(Malcolm Bradbury)所著的《现代英国小说》(The Modern British Novel〈1878—2001〉)认为阿林厄姆与众多的侦探小说作家们如柯南·道尔(Conan Doyle)、E. L. 特伦特(E. L. Trent)、尼古拉斯·布莱克(Nicholas Blake)，间谍小说作家们如威廉·勒·丘(William Le Queux)、约翰·巴肯(John Buchan)等一起"在小说中再现了战后的社会现实"。克里斯·鲍尔迪克(Chris Baldick)在其所著的《牛津英国文学史》(The Oxford English Literary History)第10卷《现代运动》(Modern Movement)中说，当时对埃德加·华莱士(Edgar Wallace)的惊险小说或者伯塔·拉克(Berta Ruck)的传奇小说不屑一顾的那些教授、诗人以及牧师却对包括阿加莎·克里斯蒂(Agatha Christie)、阿林厄姆在内的侦探小说情有独钟，爱不释手。而权威的《梅里亚姆－韦伯斯特文学百科大辞典》(Merriam Webster's Encyclopedia of Literature)则称赞阿林厄姆对文学的贡献，认为她"帮助发展了侦探小说，使之成为严肃文学的一个种类"。从某种意义上，阿林厄姆的侦探小说既体现了文学价值，也在一定程度上弘扬了社会正义的价值观。

Contents

二次谋杀奇案　1

幸运数字——三　140

相机里的证据　154

正反博弈　175

玩笑的尽头　210

二次谋杀奇案

一

我一向认为，自传容不得半点谦虚，任何自谦都会让原本曲折离奇的情节变得索然无味。在我艾伯特·坎皮恩的自传里，我的形象一定是智勇双全、无所不能的，尽管我和老勒格差点儿命丧黄泉。现在，每当回忆起这件事，我都心有余悸。

故事要从一顿早餐开始说起。

鲍恩勋爵的男仆专门去学习了演说技巧，此后，每当勋爵吃他那万年不变的坚果牛奶早餐时，男仆就在旁边朗读《泰晤士报》。

勒格这个人虽然有许多优点，但也经常做一些东施效颦的蠢事。

他曾和鲍恩勋爵的男仆一起在梅费尔区的马厩酒吧里当服务员。男仆的行为使他茅塞顿开，可他上一次上演说课还是在爱德华七世时期的少年犯教养院里。他做事冲动鲁莽，又爱投机取巧，进看守所是家常便饭。来给我当佣人时，他还在假释期。现在他总要在我吃早餐时给我读《泰晤士报》，不管我是否喜欢。

他对文学专栏没有欣赏能力，每次都会选择性地朗读他感兴趣的版面。此刻，他正读着讣告那一栏。

"彼得斯，"他一边读着，一边把衬衫袖口举到我和台灯之间，"老兄，认不认识叫彼得斯的人？"

我正专心致志地读着一封辞藻华丽的匿名信件，并未听到他在说些什么。他把报纸放了下来，略微有些恼怒。

"你就不能说句话吗？"他委屈地说道，"我在这儿费力地读报纸，你理都不理我一下，那我这样做还有什么意思呢？特克先生说鲍恩勋爵是他最好的听众。他听特克读新闻的时候总是聚精会神，每吃一样东西都恨不得嚼四十几下才咽下去。"

"其实……"我漫不经心地解释道，"我刚在读信呢，这封匿名信非同寻常。"

"彼得斯——R.I.彼得斯于九日周四因急病在特瑟林去世，终年37岁。葬礼于周六两点半在特瑟林教堂举行。鲜花敬辞。仅在此告知亲友。"

勒格声情并茂地朗读着，别扭的语调让人忍俊不禁。不过这个名字倒是引起了我的注意。

"彼得斯？"我饶有兴趣地抬起头问道，"R.I.彼得斯，'恶猪'彼得斯，讣告里的是这个名字吗？"

"我的天哪！"勒格满脸鄙夷地扔下报纸，"你真是一个庸人，一个不可救药的庸人。我一直说他在那该死的急病之后去世了。你认识他吗？"

"不，"我认真地回答道，"不完全认识，现在不认识。"

勒格那张银色月盘般的大脸上露出了一丝卑鄙的神情。

"我懂你的意思，伯特，"他沾沾自喜地说着，下巴后缩，顶着光秃秃的脖子，"他跟我们可不是一个阶级的。"尽管我了解他本性难改，可有些事情我可不会轻易放过。"并不是这样，"我严肃地说，"还有，不要叫我伯特。"

"好吧，"他倒是很宽宏大量，"老兄，既然你都这么说了，那我就不那样叫你了，我的艾伯特·坎皮恩先生，大家的艾伯特·坎皮恩先生。我们刚说到的那个叫彼得斯的家伙到底是怎么回事啊？"

"我们小时候就认识了，"我说，"在博托尔夫修道院里。那时的我们都还少不更事，都长着一双天真可爱的蓝眼睛。他曾经用一把生锈的小刀从我胸口割下了三平方英寸的皮肤,还指着我的伤疤炫耀我是他的奴隶。他会想尽一切办法把我弄哭,直到我吐得不能自已,然后我在他肚子上踢了一脚,他就把我推到一个没有点火的煤气喷嘴上,最后我昏了过去。"

勒格目瞪口呆。

"我们学校可没发生过这样的事。"他得意扬扬地说道。

"他是个应该被抓进监狱的恶魔,"我平静地说着,并没有因为愠怒而显出丝毫尖酸刻薄,"自从我因为一氧化碳中毒进了医院之后就再也没见过他,但我当时对他发誓以后一定会去参加他的葬礼。"

勒格立刻提起了兴趣。

"我马上把你的黑色西装拿出来,"他殷勤地说道,"我喜欢葬礼——尤其是你认识的人。"我并没有在听他说话,目光又回到了那封信上。

为什么他会死呢?他还那么年轻。这世上有那么多比他更适合踏上死亡之旅的人。"彼得斯,彼得斯,"天使喊着,"彼得斯,彼得斯,来吧。"为什么?为什么他要跟随着天使而去?他那么强壮,死亡来得那么猝不及防。为什么会是他?土壤里的根尚未成熟,时间的小河还在流淌着。可为什么鼹鼠要往后倒退呢?——它是如此幼小。

与其他信一样，这是一封用普通薄四开纸打印的信。不同的是，这封信拼写规范，而且标点符号一丝不苟，与我以往读过的信大相径庭。我把信递给勒格。

他吃力地读完全文，然后斩钉截铁地说道："这是祈祷书里的一段，我记得小时候学过。"

"别像个傻子一样。"我语气温和地说。他的脸却立刻涨得通红，漆黑的小眼珠快要跳出来。

"骂我骗子啊，"他挑衅地说，"来吧，骂我骗子，我就继续说。"

我见过他这种样子，从以往的经验来看，要动摇他的观点简直比登天还难。"好吧，"我妥协道，"这封信是什么意思？"

"没什么意思。"他的语气依然很确信。

我试着用另一种方式问："这封信用的什么打字机？"

他立刻滔滔不绝道：

"全新或较新的皇家便携式打字机，这没什么特别的地方。信纸是普通的普蓝泰格纸，到处都有卖。让我们来瞧瞧这个信封。伦敦，W.C.1……"他停顿了几秒，然后继续说道，"很明显，这枚邮票是老式的中央邮票。地址是电话簿里的。好了，把它扔火里烧了吧。"

我握着这封信，陷入了沉思之中。结合《泰晤士报》里的讣告来看，这封信绝对非同寻常。勒格对我嗤之以鼻。

"像你这种有名的家伙免不了会收到匿名信，"他义正词严地说道，"要是你一直把侦探当作一项业余爱好，就不会有那么多人认识你。可现在呢？你四处奔波于各种案件，只要有血案的地方就有你的影子，大家不在背后谈论你才怪呢。如果你继续这样下去的话，过不了多久，女人们就会坐在椅子上拿着绣花枕套等你签名。你就不能在附近找个好地方，一边玩扑克一边等你那贵族亲戚去世吗？这才是绅士会做的事情。"

"如果你是个女人而且又会做饭的话我肯定会娶你，"我讽刺道，"你就像个妇人一样唠叨。"

这句话使他安静了下来。他起身摇摇摆摆地走出了房间，以此表示对我的讨厌。吃完早餐后我把信又从头到尾地读了一遍，可还是不知所云。我拿起报纸，看了看讣告。

R.I.彼得斯……没错，确实是"恶猪"，年龄也一样。我还记得以前为了让我们叫他"里普"，他恶狠狠地踹我们的情形。思绪回到了从前，我不禁想起了格菲·兰德尔、洛夫蒂，还有其他两三个人。我当时还是个长着一头油亮的白金色头发、戴着护目镜的小矮子；格菲还不到11岁，却已经在校园里横行霸道；至于现在正斗志昂扬地要保住自己贵族身份的洛夫蒂，当时长得简直就像是獯和肉猪的结合体。那时候，恶猪彼得斯是我们生活中的大魔王，他与恶魔、拉丁散文和不公正的行为一样令人深恶痛绝。当他把我精心收集的树叶标本扔进着火的低年级教室里时，我对他恨得咬牙切齿，甚至诅咒他不得好死。没想到过了这么多年，我的想法一点也没有改变。

报纸上的白纸黑字，简短而有力地宣示着他的确已经下了地狱，这个消息简直大快人心。12岁时的他脑满肠肥，肤色发红，长着棕黄色的睫毛，令人恶心至极。我毫不怀疑37岁的他也是如此。

房间外边突然传来了急促的呼吸声。我抬头一看，勒格从门后探出头来。

"老兄，"他的语气异乎寻常的亲切，看来他已经把刚才的一切抛到了九霄云外，"我刚瞥了一眼地图。你知道特瑟林在哪吗？就在凯普塞克西边两英里。要下车吗？"

勒格的话让我心潮起伏。利奥·普斯芬特长官生活在凯普塞克的教区海华特斯，他是郡警察局长，为人十分和善。他还有个女儿——珍妮特·普斯芬特，一个无论如何我都仍然深爱着的人。

"好吧，"我说，"我们回去的时候再去海华特斯。"

勒格赞同不已。他说，上次他去特瑟林时发现那里的烟熏食品十分诱人。

我们庄重地下了车。勒格戴上了他最低的一顶圆顶礼帽，看起来就像是一个伪装成便衣警察的恶棍。而我则衣冠楚楚，仪表堂堂。

特瑟林几乎没有任何节日。想象一下这样一幅画面：一座开垦过的山周围环绕着三平方英里长满柳树的沼泽地，山上挤着五间小屋、一座稍大的房子和一个老教堂，一条深不见底的河流从它们旁边缓缓流过。这就是特瑟林真实的样子。

教堂墓地里杂草丛生，一片荒芜。隆冬时分，这里长满了大片枯萎的峨参。我不禁为"恶猪"感到难过。他生前总是有许多天马行空的想法，而他的葬礼却如此冷清。

我们姗姗来迟——这里离镇上有八英里——推开教堂墓地前破旧的停柩门时，我感到有点失礼。勒格跟在我后面，我们小心翼翼地跨过参差不齐的草地，走向坟墓旁零星的人群。

牧师是个老头儿。我猜他一定是骑门外的那辆自行车过来的，他的长袍下面沾满了泥土。

教堂司事穿着灯芯绒裤，几个抬棺人则穿着工装裤。

至于其他人我当时并没有多加注意。即使与文明脱节，即使天使冷酷无情，逝者的葬礼也应当庄严而隆重。而在这个与世隔绝的山坡上，在阴雨绵绵的寂静里，这个葬礼沉闷而悲凉。

我们站在淅淅沥沥的雨中，早上收到的信渐渐淡出了我的脑海。我想彼得斯在这里一定不受欢迎。他以一种最普通、最微不足道的方式被草草安葬。不过就他这个人而言，这也不足为奇。

然而，就在牧师刚说完仪式的最后一句话时，发生了一件匪夷所思的事。这件事令我毛骨悚然，往后退了一步，踩到了勒格的脚上，差点儿惹恼了他。

12岁半的时候，恶猪就养成了许多令人反感的习惯，其中之一就是以一种令人作呕的方式清嗓子。他的喉咙先是发出一种嘶哑而刺耳的声音，紧接着的是压低的叫声和吸气声。我无法确切描述这种声音，因为那种声音非常独特，除了恶猪以外我再也没有听到别人发出过。我几乎已经完全忘记这个声音了，但就在我们正要离开坟墓去往灵柩下葬的地方时，时隔20年，我再次清楚地听到了这个声音。它令恶猪的模样又清晰地浮现在我眼前。我惊恐不已、目瞪口呆地环顾四周，头皮一阵发麻。

除了几个抬棺人、牧师、司事、勒格和我自己之外，现场只剩下四个人，而他们看起来完全不像是会发出那种声音的人。

站在我左边的是一个相貌堂堂、身材魁梧的男子。他后面是一个穿着一身黑色衣服的女孩。她似乎是一个人来的，一副闷闷不乐的样子。她注意到了我正看着她，并冲我笑了一下。我连忙避开她的目光，看向了她旁边那个年纪稍大的老头。这个老头戴着一顶圆礼帽，卷曲的银色胡须在雨中闪闪发光。他努力想要表现出一副悲痛欲绝的样子，但他拙劣的演技实在令人难以信服。不知从什么时候开始，我竟会如此厌恶一个陌生人。

当我的目光落到第四个人身上时，我大吃一惊。这个人居然是吉尔伯特·惠比特。他在我旁边站了十分钟，我却没有注意到他，还是和从前一样。

在博托尔夫修道院时，惠比特年级比我低，他之后又和我上了同一所学校。我们大概有12年到14年没见了。他除了长高了之外，样子一点也没变。

描述惠比特的外貌就好比描述黑夜中的水或声音一样。与其说他相貌平平，倒不如说他这个人难以捉摸。我不记得他当时是什么样子，只记得他穿着一件灰棕色的外套，与那些枯萎的峨参融为一体。他茫然地看着我，似乎还没有认出我来。

"惠比特！"我说道，"你怎么在这儿？"

他没有回答。我不自觉地抬起手碰了碰他，他这才有所反应。我意识到可能下手太重了，连忙把手缩了回来。这么多年过去了，他也许已经获得了公民的基本权利。我感到莫名的生气，犀利地问道：

"惠比特，你为什么会来参加恶猪的葬礼？"

他惊愕地看着我。那双圆圆的、浅灰色的眼睛一如从前。

"我，呃，我受到了邀请，"那沙哑而胆怯的声音我仍记忆犹新。显然，他根本不知道自己在说些什么。"我，今天早上……收到了．一封邀请函。你不知道这件事吗？"

他把手伸进外套里胡乱摸了一通，最后掏出一张纸递给了我。不用看我也知道里面写的什么，因为我的口袋里有一封一模一样的。

"里面提到的鼹鼠可真奇怪，"他说，"虽然邀请不太正式，我，我还是来了。"

说完，他漫不经心地走开了，似乎已经没有什么让他留下的理由。那张纸仍然在我的手上。我想他一定是忘记带走了。

我跟在零散队伍的后面走出了教堂墓地。走到小路上时，那个高大俊俏的男子突然看向我，似乎想要问些什么。我走了过去，心中充满疑惑，正想着要怎么开口才不算失礼，这时，他先说话了：

"真令人伤心啊，"他说道，"他还太年轻了。你跟他很熟吗？"

"我不知道。"我像个傻子一样回答道。他看着我的时候眼睛里闪烁着光芒。他大约四十出头的样子，身材高大，长着一张精明能干的方脸。

"我的意思是，"我说，"我和 R.I. 彼得斯是同学。今天早上在《泰晤士报》上看到了这个消息。我正好要往这来，所以顺便过来看看。"

他一直面带笑容地看着我，似乎觉得我不太正常一样。我继续支支吾吾地说着："到这之后我觉得我可能来错地方了——我是说他也许不是我认识的那个彼得斯。"

"他很胖,"他若有所思地说道,"眼睛深邃,睫毛稀疏,今年37岁,在西普加特读完幼儿园之后去了托斯汉姆。"

我大吃一惊:"没错,就是我认识的彼得斯。"

他点了点头,神情黯然。"真令人伤心啊,"他重复道,"彼得斯做完阑尾手术后来找的我。他本不应该接受那场手术的,心脏承受不了。后来他又感染了肺炎。"他的肩膀微微颤抖,"可怜的家伙,我没能救得了他。他在这里也没有亲人。"

我沉默着,不知道该说些什么。

"那是我的诊所,"他指着不远处的一座大房子说道,"我在里面收治了一些患者,还从来没有过死亡病例。"

我很同情他。我想问彼得斯有没有给他留下一点儿现金,话到了嘴边又咽了回去。他没有看出我的想法,我猜他一定是在想别的事。事到如今,问这个也无济于事。

这种场合总是免不了一番客套。我们站在那里又东拉西扯了一会儿,然后我返回了镇上。我们没有去海华特斯,很大程度上因为勒格不想去。我并非不想见利奥和珍妮特,只是在确定了是恶猪的葬礼后,一股莫名其妙的恐惧缠绕着我。这个凄冷阴郁的葬礼在我耳边留下了一种隐约的回响。

回到家之后我仔细对比了两封信,它们一模一样。我想惠比特一定也看了《泰晤士报》,可奇怪的是他竟然会把两件事结合在一起推理,还有那个异常的咳嗽声,那个令人讨厌的戴着大礼帽的老头,更不用提那个眼里闪烁着诡秘的女孩。

最可怕的是这件事让恶猪又浮现在了我的脑海里。我找出了几张足球队的老照片,仔细端详着他的样子。他那张脸非常有特点,甚至那时候就可以看出他以后会变成什么样子。

我尽量不再去想他。毕竟,没有什么好紧张的了。他已经死了,我永远不会再见到他了。

这一切都发生在寒冷的一月。到了六月份我已经把这个混蛋忘得一干二净了。一天,我去苏格兰场参加了一场会议。会上,我和斯坦尼斯洛斯·奥兹为金斯福德枪击案中发现的新证据欣喜不已,因为这个证据极有可能改变案件的走向。刚回到家,这时电话铃响了——是珍妮特。

我从不知道她也会有如此歇斯底里的一面。当听到电话那头的她像一窝麻雀一样喋喋不休的时候,我略微有些惊讶。

"太可怕了,"她说,"利奥说你必须马上赶过来。天哪,我不能在电话里透露太多,因为利奥担心这是一起——听好了,艾伯特,M-U-R-D-E-R……"

"好,"我说,"我马上过去。"

我和勒格驱车赶到海华特斯时，利奥就站在门口的台阶上，身后一排排象牙色的石柱巍然耸立。他穿着一件旧射击服，戴着一顶绿色花盆帽，看起来气宇轩昂，定格在任何一本相册里当作范例都不为过。

他缓缓走下台阶，紧紧地握住了我的手。

"好孩子，先别说话，什么都别说。"他上车坐到了我旁边，举起手指了指村庄，"当务之急，去警局。"

我和利奥已经认识了好多年了。我知道，一个受人尊敬的人，性格中最主要的特点就是坚定、专一，他在追求目标时不会轻易动摇。利奥的心里只有一件事——自从知道我在准备竞选后，他就一直在计划自己的竞选。既然我也是参与竞选的一分子，我唯一的希望就是服从。 一路上，除了指路外，他一言不发，直到我们来到了警局后面一间小屋的门口。他让值班的警察走开，然后停下来紧紧地抓住我的西服领子。

"好了，小子，"他说，"现在我想要听听你的意见，因为你是我最信任的人。到目前为止，我并没有对你透露有关案件的任何信息，并没有让你产生任何先入为主的偏见，是吗？"

"是的，长官。"我如实说道。

他咕哝了一声，似乎很满意我的回答。"很好，"他说，"进来吧。"

我们来到了一个空荡荡的房间，除了中间放着一张搁板桌外什么也没有。利奥把盖在桌上的布掀了起来。

"现在,"他说道,"坎皮恩,你对这有什么看法?"

那一刻,我目瞪口呆,一句话也说不出来。桌上躺着的竟然是恶猪彼得斯的尸体!凭借多年的经验,不用去检查他那双肥胖而无力的手我也知道,他的死亡时间肯定不超过12个小时。

可是就在一月份……而现在正值六月。

二

眼前的一切让我触目惊心。我愣愣地站在那里,像欣赏风景一样凝视着那具尸体,呆若木鸡。

过了好一会儿,利奥清了清嗓子,说道:"显然,他已经死了。"这样说无疑是为了唤回我的思绪,"可怜的家伙,虽然他很该死。也许我不该这样说一个死人。不过无论如何,既然你来了,真相一定会大白。"

利奥居然会说出这种话。我常想,如果当时把他的话一字不差地记下来,一定很耐人寻味。而那时的我更关注事情的本身而非形式,我问道:"你认识他吗?"

利奥的脸涨得通红,白色的八字胡气得竖了起来。

"我见过这个家伙,"他低声说道,似乎觉得这让他很丢脸,"就在昨天晚上,一次非常不愉快的见面。虽然在这种情况下这样说很尴尬,可我也不介意告诉你。不过，这也帮不上什么忙。"

既然这件事已经疑点重重，我也没必要多说什么，给利奥徒增烦恼。

"他说自己叫什么？"我绕着圈子问道。

和大多数军人一样，利奥长着一双蓝莹莹的眼睛，无论什么时候看起来都十分无辜。"难道他隐藏了自己的真实身份？"他说道，"说实话，确有可能！我怎么没想到这一点。真是个狡猾的家伙！"

"我也只是猜测而已，不过，"我急切地问道，"他到底是谁？"

"哈里斯，"利奥的回答出乎意料，他继续说着，语气中充满鄙夷，"奥斯瓦德·哈里斯。他太贪得无厌了，像个讨厌的敌军士官！简直无法用语言形容。可恶的家伙！"

我又看了一眼桌上的尸体。毫无疑问这就是恶猪——他化成骨灰我都认得他。令我惊讶的是，他长得竟然和小时候一模一样。这一点值得深思，尤其是看到有些小孩的时候。

恶猪静静地躺在那里。在自己葬礼刚过了五个月之后，死亡再一次降临到了他身上。利奥显得有些不耐烦了。"看看伤口吧？"他用命令的口吻说道。

利奥的勘察能力十分出色。我仔细察看了恶猪的尸体。他的头部血肉模糊，而且头顶已经被物体撞穿，如同一个踢坏了的足球般惨不忍睹；可奇怪的是，他的皮肤却完好无损，这让我莫名地一阵恶心。

看着这支离破碎的头部，我无法想象任何一个人会下得了如此毒手。我猜测他应该是戴着毡帽被马车踩到才会这样。我把我的想法告诉了利奥。

他的眉头终于舒展了。

"好小子，几乎都对了，"他的话令我松了一口气，"不可思议，连我自己都猜不出来。不过要是用花盆代替马车的话，你可就全猜对了。记得提醒我告诉珍妮特。"

"花盆？"

"一种砂岩景观花盆，里面种着天竺葵，"他轻描淡写地说，"体积非常大，用来装饰的，你一定见过。我不止一次说过，疯子才会把这种东西放在阳台上。"

我渐渐明白了事情的来龙去脉。显然，恶猪的第二次死亡是由阳台上掉落的景观花盆造成的。看来这次是无法逆转了。

我看了看利奥。我想，我们都对这件事不置可否。

"有谋杀的迹象吗，警长？"我问道。

他耸了耸肩膀，神情突然变得有些沮丧。

"恐怕是这样的，孩子，"他说，"不会有其他可能。阳台的护墙上摆着好多个一模一样的花盆。我亲自上去检查过，其他花盆都纹丝不动，固若泰山。你应该明白，那个花盆不可能自己跳下阳台，肯定是被人推下去的。从目前的情况来看，我们不得不承认，这是一起残忍的谋杀案。"

我把恶猪的尸体重新盖上。在某种程度上，我为他感到难过，但他喜欢惹是生非的本性似乎一点也没变。

利奥叹了口气，说："还以为你会同意我的观点。"

我有些迟疑。虽然利奥不像爱因斯坦那样聪明绝顶，但我绝不相信他大老远把我从伦敦叫过来，只为让我相信恶猪是被砸死的，他肯定还有其他事情——结果证明，的确如此。

利奥拍了拍我的肩膀。

"孩子，有一两件私事，我要跟你谈一谈，"他说，"我们一起去哈尔特·奈茨庄园看看吧。"

真相慢慢浮出水面。

"恶——哈里斯难道是在奈茨庄园死的吗？"

利奥点了点头。"可怜的波佩，她是个体面的女人，从来没有碰上过这种事。"

"希望没有。"我惊讶不已。利奥皱了皱眉头。

"那里有些乡村俱乐部——"

"这不是一起谋杀案。"我肯定地说。利奥再度神情黯然。

"也许你说得没错，"他说道，"我们现在出发吧，顺便可以在晚饭前喝一杯。"

从小屋到停车场的路上，我都在思考这件事。要了解哈尔特·奈茨庄园，首先得了解凯普塞克。凯普塞克是一个位于远郊的大村庄，有一条专门的主干道通往城镇。那可是整个郡里人的天堂，村庄里风景秀丽，葱郁的榆树林掩映着一座诺曼式教堂和三个豪华的酒吧。村民们正直善良，思想独立。村庄坐落在河畔一个平缓的山谷里，四周环绕着一座座小巧精致的房子。利奥说，房子的主人个个都宽厚待人。其中，最大的那座房子就是哈尔特·奈茨庄园。

奈茨庄园过去的主人是一位贵族，他继承了祖辈的大量遗产，曾经整个村庄都是他的产业。时过境迁，贵族和他的子嗣不复往日的辉煌，渐渐离开了这片土地，只留下一个空空如也的庄园。从那以后，这座房子以及周围900英亩的草地和盐碱滩一度岌岌可危，直到波佩·贝柳从舞台事业隐退之后买下了整个庄园，并把房子在漫长岁月中还没有被完全侵蚀的部分改造成了英国最出色的旅馆和乡村俱乐部。

波佩是一个天生精力无穷又性格豪爽的女人。她没有被这漫无边际的草地给难倒，而是在上面开辟了一个18洞的标准高尔夫球场，然后剩余的部分让别人尽情发挥自己的聪明才智。

庄园里的一切既温馨又舒适。如果有人要破坏这种氛围，波佩会立马让他走人。规则很简单，她随时欢迎来客，来这儿的人都心甘情愿地掏钱，或者说看起来都是如此。

利奥的叙述很有意思。对于恶猪在哈尔特·奈茨庄园被谋杀这件事，我能够理解，但他居然能够在那里呆那么久以至于惹上杀身之祸，我十分疑惑。

这时，利奥已经走到了车旁。他用怀疑的眼神看了看车里的勒格。利奥是个对规矩要求十分严格的人，而显然勒格并不是。空气中弥漫着尴尬的气氛。

"嗯，勒格，"为了打破僵局，我不得不挤出一丝勉强的笑容，"我要开车送利奥长官去哈尔特·奈茨庄园。你先坐公交车或者别的什么回海华特斯吧。"

勒格不满地看着我，纹丝不动的双腿表示了他无声的抗议。

"公交车？"他愤愤不平地反问道，利奥的目光瞥向他时才慢吞吞地补充了一句"先生"。

"没错，"我傻傻地回答道，"就是那种绿色的大块头，你肯定见过。"

他这才趾高气扬地下了车，唯有给利奥开门的时候略微有些低声下气，临走时还不忘用他那厚厚的白眼皮下藏着的小眼睛偷偷瞄了我一眼，眼神里若有所思。"你这仆人可不普通，"车子发动时利奥突然说道，"盯着他点，孩子。他在战场上救过你的命吗？"

"这可没有！"我不解地问道，"您怎么会这么说？"

他擤了擤鼻子,说:"我也不知道,这个想法一闪而过。现在说正事,坎皮恩,这件事情非常重要,我来告诉你原因。"他停了停,然后继续严肃地说道,"昨天晚上,我们至少有六个人,包括我自己,都想把那个家伙赶走。我们其中一个人一定失去了理智。你要知道,我现在对你完全没有保留。"

我把车停到了一条狭长的小路边上,几只鸡和狗正在路边悠闲地踱步。

"愿闻其详。"我说。

利奥静静地叙述着整个故事,声音中既带着憎恶又充满焦虑。我看着周围的一切,若有所思。

去年,奈茨庄园附近的两幢房子空出来后,被伦敦的一个律师事务所匿名买了下来。当时也没有人想太多,不料灾难却悄然而至。在一星期前,利奥去奈茨庄园喝酒打牌时,发现那里人声鼎沸、异常喧嚣。熙熙攘攘的人群中,恶猪正高谈阔论着他对凯普赛克未来的规划,包括一座水疗院、一个赛狗场和一个可以吸引附近工业城镇的人驱车前来的歌舞厅。

一方面,波佩已经宣布破产——要经营这样一个舒适悠闲的世外桃源成本巨大;另一方面,她又不想让她的客人、也是她最亲近的朋友们失望。无奈之下,她接受了一位来自伦敦的绅士提出的一桩看似划算的抵押贷款，不料，还完了大部分贷款之后，这位绅士却原形毕露，妄想利用合同漏洞把奈茨庄园占为己有。

这时候，利奥像一头雄狮般挺身而出。他一声令下，召集自己手下的几个得力干将聚在一起讨论了一番，然后带着一箱子钱和反复推敲的措辞去与恶猪周旋，却还是铩羽而归。

无论怎么劝说，恶猪依然我行我素。他的钱已足够挥霍。现在，他只要凯普塞克，而且要把凯普塞克改造成一个灯红酒绿、纸醉金迷的花花世界。

利奥愁眉不展，就连从诺里奇请来的律师也束手无策。波佩太过信任这位"迷人的绅士"了，他有购买抵押品的权利。

一旦得到奈茨庄园，再加上附近的两处房产，财大气粗的恶猪可以毫不费力地毁掉整个凯普塞克——那是村民们多年来的心血。利奥和朋友们想尽了一切办法。正如他所说，人会誓死捍卫自己的家园。

恶猪把庄园里几个老顾客赶走了。利奥和其他大多数人仍坚定不移。这时，戏剧性的一幕发生了。

"后来的一切你都知道了，"利奥轻描淡写地说，"今天早上，那个家伙在窗边的帆布躺椅上睡觉时，阳台上的花盆突然掉下来，把他砸死了。"

我踩下了离合器，静静地开着车。凯普塞克那高耸入云的大树、那散发着芬芳的草地和清澈见底的河流,不断在我脑海中浮现。这一切本就是属于凯普塞克的居民和他们的子孙后代的。凯普塞克是他们的庇护所,是他们赖以生存的家园。如果连自己的家园都保护不了,对于他们来说,那是多大的耻辱啊!倘若彼得斯要的只是钱,英格兰有数以万计的村庄,为什么他偏偏要来破坏凯普塞克呢?还好,凯普赛克侥幸逃过了这一浩劫。

一路上,我们都沉默不语,直到汽车开到了通往奈茨庄园的红色半圆形的拱门下,利奥突然不屑地说道:

"哼!又是一个无赖!"

只见一个瘦小的身影正迈着碎步向我们走来。我猝不及防地转动方向盘,车子猛然冲到了路旁的草坪上。抬起头的那一刹那,我立刻认出了他——对他的那种厌恶感我终生难忘,这个老家伙表里不一又自以为是。上一次看见他的时候是在恶猪的葬礼上,他装模作样地拿着一块黑手帕不停地擦着眼泪。而这一次,他正从庄园里面快步向我们走来,似乎对这里很熟悉。

三

他皱着眉毛,狡黠的小眼睛仔细打量着我,似乎已经认出了我。

目光转向利奥,他立马挺直身板,右肩高高耸起,行了个十分别扭的军礼。他努力想表现出一副优雅的贵族模样，却反倒显得有些"娘娘腔"。

利奥草草地披上了他那件绿色的毛呢大衣。

"要小心对待波佩，"他嘱咐道，"她很瘦小，还有好几天要熬。我不想她被严刑逼供。小心一点，坎皮恩，自始至终都要小心待她。"

我感到有些委屈。从来没有人说过我粗暴无礼，我向来是个温文尔雅的君子。

"警长，我上次打女人还是十年前呢。"

利奥看着我，显然他理解不了年轻人的幽默。

"我希望你从来没有打过女人，"他严肃地说，"你的母亲温柔善良，我相信她的儿子也是如此。我现在最担心的就是波佩，可怜的女人！她那么瘦小，那么受欢迎。"

利奥的话令我十分惊讶。认为波佩身材瘦小的人，一定也会想象她遭受虐待的样子。我喜欢波佩，她的确是个浑身散发着魅力的人，至于身材……可绝不瘦小。利奥把理想与现实混淆了。要不是我们已经穿过树林来到屋前的话，我也许已经把心里的话说出来了。六月的傍晚，英国的乡间小屋总是美得动人心魄。这条路上只有哈尔特·奈茨庄园一座建筑。庄园低矮狭长，窗户精美别致。庄园的临街面由红色碎砖堆砌而成，充满了乔治王朝时期的风格，在屋后大片栗子树的映衬下显得十分美丽。

东英吉利建筑的正门大多位于侧面,房子的正面则布满了大片的草坪。

汽车停在了门口。庄园的大门像平常一样敞开着,这一点让我很欣慰,即使这里除了一个别着裤管夹的警察在门口站岗外,一片凄凉,再也不复往日的热闹与喧嚣。

不知怎么,看到我们来了,那个警察显得十分局促不安。直到我看到他脚下那片白烛葵丛中闪闪发光的白镴啤酒杯,才恍然大悟——波佩真是太了解男人了。

我拍了拍利奥的肩膀,对他示意了一下,他不解地看着我。

"哦……对了,孩子,你先随便看看吧。那家伙当时就坐在那里。"

他带我走到屋前。只见一张张颜色鲜艳的日式帆布躺椅凌乱地摆在窗前,看起来快要散架了一样。

他指着一堆麻布袋下的物体说:"这就是那个花盆。"

我弯下腰,掀开了覆盖在上面的麻布袋。看到那个花盆的一瞬间,我立刻理解了利奥为什么会如此沮丧。这是一个石制花盆,足有两尺宽、两尺半高,盆面上饰有菠萝图案。加上里面的泥土,这个花盆至少有三英担重。这么巨大的花盆居然没把恶猪压得粉身碎骨,我有些诧异。

利奥解释道:

"本来会那样的，孩子。当时只有花盆的边缘撞到了他的头，然后又掉到了椅子后面。你知道，他可戴着一顶帽子呢。椅子在那边——其他就没有什么可看的了。"

他踢开了另一个麻布袋，看着一堆散了架的木头和破碎的帆布，利奥无奈地耸了耸肩膀。

我沿着草坪向前走了几步，抬头看了看阳台上的护墙。护墙上涂满了白色的石膏，与乔治风格的墙体形成鲜明的对比，让我不由自主地想起了水果蛋糕上的杏仁蛋白糖霜。

护墙上整齐地排放着七个间距很大的花盆。看起来并没有什么危险，好像它们天生就摆在那里一样。

我们向房子里面走去。

"有件事情我不明白，"我说道，"凶手似乎冒了极大的风险。"

利奥疑惑地看着我，好像以为我在胡说八道似的。我继续解释道：

"我的意思是，哈里斯不可能一直一个人坐在那儿吧？总会有人过来和他聊上两句。凶手不可能保证花盆准确命中哈里斯，除非他先爬到护墙上去往下看，这不是不要命了吗？"

利奥的脸涨得通红。"没有人和他说话。我们今天早上来的时候他一个人坐在外面，你知道，没人愿意和他在一起。我们没人理他，他也没在意我们，我们所有人就都进到屋里去了。那个东西砸到他头上的时候，我就在客厅里那个靠窗的位置打牌。也许你觉得我们有些幼稚，"他略为惭愧地说道，"但那个家伙就像一只虱子一样令人厌恶。"

我隐约感觉到，一场暴风雨即将来临。

"您说'你们所有人'是什么意思？"我问道。

"我们一行大概有12个人，"他说，"绝对没有人可怀疑的。我们进去吧。"

一踏上门廊处的石板地面，一股老木材特有的味道混合着鲜花的清甜气息便扑面而来。只有精心建造的乡间小屋里才会有这种味道。波佩出现了，她体态丰腴，笑容可掬，还是一如既往的热情好客。

"孩子，"她一边抓着我的手一边说，"见到你太高兴了。利奥，谢谢你把他带过来。快来喝一杯。"

穿过宽敞的石板走廊，我们跟着她来到了客厅。客厅的装饰以白色调为主，里面摆放着许多包裹着印花棉布的扶手椅。一路上，波佩的嘴一刻都没有闲下来过。

要描述波佩的外貌可不是件容易的事。她大概五十来岁，长着一头浓密的灰色卷发。一双蓝色的眼睛大得出奇，嘴巴也谈不上是樱桃小口，其余的部分就更难以名状了。她浑身散发着一种亲切、大方的气质，同时又带有一种天真的固执。她穿着一身夸张的印花长裙和紧身上衣，裙摆上装饰着许多夸张的褶边，虽然与她的身材极不相称，倒也符合她的性格。看到她的人都会喜欢上她。

显然，利奥就是其中一个。

"哈里斯真是个无赖，"她边说着边给我倒了杯威士忌，"利奥都告诉你了吗？那个家伙是如何想方设法把这里占为己有……事情已经发生了。虽然他的所作所为不可原谅，但凶手也不该下如此毒手，实在是不应该——不过，我相信他们本来是没有恶意的。"

利奥有些生气地问我："她是不是太过善良了？"

"我不糊涂吧，艾伯特？"波佩向我投来恳求的目光，"昨晚我再三告诫他们这件事很危险，我说'这样做会惹出麻烦'。事实果真如此。"

利奥错愕地瞥了一眼波佩。我坐直了身体，事情没那么简单。

"难道你还没告诉他吗？"波佩问利奥，"你应该告诉他实情，否则这不公平。"

利奥躲开了我的目光，"我正打算要说，我们才来了不到半个小时。"

"不要试图掩盖过去，"波佩不留情面地说道，"这对我们没什么好处。只有掌握了真相，我们才能决定以后要说多少出去。"

利奥看起来有些懊恼，正要说些什么，波佩先发制人。

"事情是这样的，"她拍了拍我的肩膀，亲切却没有人情味，"昨天晚上，我的两三个热心的老朋友在一块想了个对付哈里斯的办法。他们打算先把他灌醉，让他变得好相处一些，然后跟他套会儿近乎，把一切都跟他说清楚，动之以情晓之以理，再趁机拿出事先准备好的文件让他签字，使他申明放弃购买权之类的。"她停下来试探地瞥了我一眼。见我的表情并未有任何变化，她向我凑近了一点，继续说道：

"我没有同意，我告诉他们这个办法既愚蠢又不道德。但他们说哈里斯有错在先，这样做天经地义。于是昨晚他们就按计划和哈里斯坐在这里喝酒。本来是没什么事的，但没想到哈里斯喝醉了之后脾气不但没有改变，反而像耍酒疯一样更暴躁了。就在他们正打算作罢时，哈里斯突然昏了过去，他们只好合力把他抬到床上去了。今天早上哈里斯宿醉很严重，就躺在草坪上的椅子上睡觉。他整个早上都一动不动，然后那个可怕的东西就砸到了他的头上。"

"这件事太恶劣了，"利奥说道，"简直穷凶极恶！"

波佩把参与者的名字告诉了我。这些人在村里都是德高望重的长辈，居然也会做出这种事情。他们似乎又体验了一把疯狂而幼稚的大学时代。我本来是要委婉地表达这个想法的，这时，波佩又说道：

"利奥的巡官是个好人，他说正盼着升职。他已经缜密盘查了所有仆人，还是一无所获。我可怜的老友们啊！我真担心会传出一些对他们不利的流言蜚语。凶手肯定是那些不速之客，你知道，我的朋友们是不会做这种事的。"

我还没来得及说话，这时一个面目呆滞的女仆走了进来——一个看起来丝毫不像是能把花盆或者其他任何东西砸到别人身上的人。她说有人打电话来找一位叫坎皮恩的先生。

我想肯定是珍妮特的电话。我满怀期待地来到大厅,拿起电话时,里面传来的却是电话局工作人员机械的声音:"您即将接听由伦敦打来的电话。"

两小时前,我才临时离开伦敦前往海华特斯宅邸。除了勒格和利奥,没有人知道我已经到了奈茨庄园。我想一定是哪里搞错了。

"没错,的确是由伦敦打来的电话,"她颇有耐心地重复了一遍,"请稍等,您的电话已接通。"我等了好一会儿,电话里却始终没有任何声音。

"喂,"我忍不住开口说道,"喂,我是坎皮恩。"

回应我的只有一声微弱的叹息,随后电话便被挂断了。这个小插曲十分蹊跷,真叫人匪夷所思。

返回客厅前,我特意走到顶楼看了一下护墙。顶楼上空无一人,房门大多敞开着。我很快便找到了那只花盆原来所在的地方。

花盆原先正对着储藏室的窗前,肯定阻挡了储藏室的大部分光线。在这之前,我还抱有一丝希望,兴许是一只笨拙的鸽子或者一只猫不小心把花盆弄掉了下去。现在看来,这种可能几乎为零。护墙上爬了一层厚厚的青苔,而花盆原先摆放的位置则呈黄褐色,散落着几具虫子的尸体。石板中间有一个三英寸宽、两英寸深的小孔,用来固定花盆底部的石桩。

这样看来，恶猪绝不可能死于意外。凶手能够搬起沉重的花盆再把它推下去，力气一定很大，而且是下定了决心。

在我看来，这个空荡荡的地方并没有什么不同寻常的，只是护墙的边缘有些许潮湿。而当时，我还未意识到这一线索的重要性。

我下楼回到了客厅。刚走到客厅门口，利奥正激动地和波佩说着什么。他们两个都没有注意到我。

"波佩女士，请你相信我，我并不想干涉你的私事。但这件事我必须得问清楚。那个暴发户整天在这里晃来晃去，把这当作自己家一样，真是岂有此理！如果你不愿意告诉我他是谁的话，我也不会勉强你。"

波佩脸颊通红，眼眶里噙满了不安的泪水。

"他从村里来这里——兜售——惠斯特牌会的门票。"

我看着波佩，思考着她是不是一个合格的演员，因为她说谎的本领实在是太差了。

当然，我知道他们说的是谁。

四

我轻轻咳嗽了一声。利奥转过身来，看到我有些慌张。

"啊，"他心不在焉地说着，又尽力表现出一副正常的样子，"啊，坎皮恩，没什么坏消息吧？"

"根本没什么事。"我如实说道。

"哦，那也很好，孩子，"他的声音突然提高了好几个分贝，起身尴尬地拍了拍我的肩膀，"我们不是常说，没事就是好事吗？哦，对了，波佩，我们该走了，得赶回去吃晚饭了。再见了。走吧，坎皮恩，祝贺你有好消息。"

看着利奥絮絮叨叨的样子，我为他感到难过。波佩还沉浸在悲伤中，眼里仍然泛着泪光。

我们走出了屋子。

我带着利奥回到草坪上，又仔细看了一下花盆。花盆底部的石桩大约两英尺半长，仍完好无损。

我把这一线索告诉了利奥，他却似乎还没缓过神来，直到我把花盆原先摆放的方式向他解释了两遍，他才明白其中的蹊跷。

汽车穿过茂密的树林，利奥突然语气沉重地感慨道："真是个难对付的人啊。"

我们渐渐来到了通往城区的主干道上。我很高兴没白来这一趟，因为这个案子终于有了些进展。我不是那种聪明绝顶的神探。我的大脑不像计算器一样，一边输入信息一边高速运转。我更像一个一手提着麻袋一手握着尖棍的人，先是收集一切零碎杂物，再在午饭时把所有物品都倒出来加以研究。

到目前为止，案情已有些眉目。我已经证实恶猪的确是被人谋杀致死，也就是说，凶手是蓄意加害。但我推断，凶手作案前并未作过多预谋。这一点显而易见。因为任何人都不可能料到恶猪刚好会坐在那个地方，或确定他在那里停留的时间足够使花盆被推下来。

结合这一点，我猜想可能是几个生性冲动的家伙，碰巧发现那个令他们咬牙切齿的坏人正死死地睡在花盆的正下方，一时按捺不住激动的情绪，便跑上楼不顾一切地把花盆推了下去。

想到这，我突然想到，要找出凶手就必须要通过不在场证明——排除，而进行这项工作的最佳人选无疑是那名巡官——毕竟，他年轻气盛，正斗志昂扬地盼着升官发财呢。

此时，最棘手的问题便是证据了。要想从花盆表面的粗灰泥上取得指纹必然没有可能，而如果有证人的话到现在也早该出现了。真正的困难就在于如何定罪了。

在这儿我得提一句，那时我的想法完全驴唇不对马嘴。不仅仅问题搞错了，一切都不在正确的轨道上。然而，当时的我并不知道。汽车穿行在昏黄的夜色里。我靠在座椅上，思考着关于恶猪的两场葬礼，无论是六个月前抑或是现在。谋杀案、神秘的电话、不速之客……这一切似乎都表明这个乡村已不是我想象的那样宁静而美好。

对于利奥、波佩，还有那些热心肠的老人们，我感到很难过。他们本不该承受这些流言蜚语。而那时我并没有想到，这起谋杀案本身才是最可怕的地方。

当然，要是我知道接下来还会发生什么事情的话，要是我知道拿着镰刀的老人此刻正坐在月桂树下休息，等待着下一场收割麦穗的话，我就不会如此懈怠。但当时我以为烟花开放过后就该曲终人散了，却不承想，一切才刚刚开始。

我们沿着狭窄的乡间小道缓缓行驶着。经过天鹅饭店时，我装作不经意地问利奥："您知道特瑟林吗？那里是不是有个疗养院？"

"嗯？"他愣了一下，一副心事重重的样子，"特瑟林？疗养院？哦，对，那是个不错的地方。经营这个疗养院的人叫布莱恩·金斯顿，可以说是个年轻有为的人，就是太小了——我说的是疗养院，不是金斯顿，他个子可不小。他今天晚上正好要来和我们一块儿吃饭，你会喜欢上这个家伙的。教区牧师也会来，"他想了想又补充道，"只有我们五个人，一顿家常便饭，不用拘束。"

利奥的话提起了我的兴趣。

"这个疗养院开了很长时间了吗？"

利奥有些惊讶地看着我，似乎不希望我过多追问。

"有些年头了。他的父亲多年前曾在特瑟林行医，给他留下了一栋房子。而他医术精湛又有事业心,把那里经营成了一个小有名气的疗养院。他曾经治好了我的黏膜炎,真是个难得的好医生啊。"

"你跟他很熟吗?"我不忍心打断他的思绪,又急切地想追根刨底。

利奥叹了口气。"相当熟,"他说,"也许你不知道,比任何人都熟。可笑的是,就是今天早上我和他,还有另外两个朋友在打牌时,那个该死的花盆突然掉到那个暴发户身上,惹出这么个大麻烦!就刚好从我们旁边的那扇窗户外面掉下去,惨不忍睹!"

"你们当时在玩什么?桥牌吗?"

利奥看起来有些惊讶。"午饭前?哈,当然不是!孩子,是扑克。没有人会在午饭前打桥牌的。那一局金斯顿赢了,大家正要结账准备去吃午饭时,一个影子突然从窗边划过,紧接着就传来一声巨响。该死的!我不喜欢那个家伙的长相,你呢?他那副凶神恶煞的样子,叫人看到就想放狗咬他。"

"谁?"我不解地问道。

"就是我们今天在波佩那儿碰到的家伙,那副模样真叫人讨厌。"

"我以前见过他。"

"哦?"利奥怀疑地看着我,"在哪儿?哪个地方?"

"呃——在一场葬礼上。"我含糊其词地答道。

汽车转眼便开到了海华特斯的车道上。

刚停下，珍妮特就急匆匆地跑了过来。

"亲爱的父亲，你怎么这么晚才回来，"她亲昵地抱怨着，然后转过头来，伸出手冷漠地对我说："你好，艾伯特。"再美的语言都不足以描述珍妮特的美丽。不管是过去还是现在，我都仍深爱着她。

"你好，"觉得这样太疏远了，我又像个傻瓜一样补充道，"请给我们准备酒、食物，还有……"

还没说完，她便转过去对利奥说：

"父亲，你现在必须得去换衣服了。牧师已经来了，他今天忙了一整天了，真是可怜。他说现在整个村子都人心惶惶。事情有没有什么进展？"

"还没有，亲爱的。"利奥漫不经心地说着，亲吻了她的脸颊。

或许这个动作连他自己都觉得吃惊，他故意咳嗽了几声，试图掩盖尴尬的气氛，然后急匆匆进了屋子，留下珍妮特一人在台阶上。寂静的夜色中，她站在我身旁，秀丽的长发像黑色的瀑布从头顶倾泻而下，在夜幕中显得更加楚楚动人。

"他很担心，是不是？"她轻声说道，接着话锋一转，似乎又突然记起了我，"恐怕你现在就得去换衣服了，你只有十分钟的时间。车就放在这吧，我会叫人来把它停到车库去的。"

我认识珍妮特断断续续已经有23年了。第一次见到她时她才刚出生，皮肤发红，浑身光秃秃的像只猴子一样。那时刚看到她我一阵恶心，立马跑到花园里吐了起来，过了好一会儿才鼓足勇气重新走进了屋子。现在，她的冷漠让我既惊慌又难过。

"好吧，"我急于讨好她，"那我就不洗澡了。"

她挑剔地打量了我一眼，迷人的大眼睛和她父亲一样漂亮。

"你应该洗一下，"她温柔地说道，"你身上全是灰尘。"

我握住了她的手，心急火燎地问道："我们还是朋友，对吧？"

她不自然地笑道：

"当然了，亲爱的。哦，对了，你朋友六点半左右来过，见你不在就直接走了。我可说了你会来吃晚餐。""是勒格吗？"我好像突然明白了什么，"他做了什么？"

"哦，不是。"她不屑地说道，"我喜欢勒格。是你的女朋友。"

事情超出了我的预料。

"她在说谎，"我急忙说道，"我没有其他女人。她留下名字了吗？"

"留了，"珍妮特冷冰冰地回答道，语气里带着一丝嫉妒，"埃菲·罗兰森小姐。"

"我从未听说过这个人，"我如实说道，"她人好吗？"

"不好。"说完她便气冲冲地跑进了屋子。

我只好独自一人走了进去，恰巧碰到了老管家佩珀。他正在客厅里忙活，我看到他很高兴，心情也稍微轻松了一些。一番亲切而正式的问候过后，他说："先生，我这儿有一封给您的信。信是今早寄过来的。我本打算把它转寄给您，利奥警长说您恰好今晚会来吃饭。"

说完，他便去自己的房间里取了一封信出来交到了我的手上。

"先生，您请去东翼的房间换衣服吧。我马上派乔治把您的行李箱取来，鸣锣前七分钟就可以送到您房间。"

我看了一眼手中的信。可能我打嗝了或是嘟哝了几句，他关切地看着我问道：

"先生，请问您刚说什么？"

"没什么，佩珀。"我拆开了信封，边走边读着第二封匿名信。与第一封一样，这封信不仅字体整洁，标点符号也用得相当准确，读起来十分赏心悦目。

"啊！"猫头鹰叫着；"唉！"青蛙呜咽着；"我们的彼得斯究竟去了哪里？"

天使在金色的囚牢里掩面哭泣。"彼得斯！"他不停地呼唤着。

为什么一切会变成这样？究竟是谁在兴风作浪？

哦，想想那卑微的鼹鼠，想想他稚嫩的双手还有那流血的嘴角。

五

"这封信神秘莫测,真让人伤脑筋,"我一边换衣服一边问勒格,"看出什么来了吗?"

令我没有想到的是,他把信扔到一边,尴尬地对我笑了笑,然后惺惺作态地感叹道:"可怜的小鼹鼠啊!"

我目瞪口呆地看着他,他立刻恢复了好斗的本性。

"我今天下午走了好久,"他怒气冲冲地说道,"你可终于过来了,我一直在等你呢!你把我当什么了?该死的蜈蚣吗?居然让我坐绿皮公交车!我的袜子都给磨破了!"

"你真是越来越不中用了,"我故意打趣他道,"让我们来瞧瞧你的智力是不是也像体力一样退步得那么快。我现在还剩四分钟的时间。今天早上有人把这封信送到这儿,你看出来什么名堂了吗?"

我的挖苦让他气急败坏又无可奈何,他只好愤愤地把信又默读了一遍。"猫头鹰、青蛙和天使都因为找不到彼得斯而痛哭流涕,是吗?"

"没错,"我说,"这也表明写这封信的人知道彼得斯并没有死。这很有意思,因为他的确没有。更确切地说,我今天在太平间看到的那具尸体才是彼得斯本人。他今天早上刚刚去世。"

"你在开玩笑吗？"他冷笑着说。

我一边整理衣领，一边鄙夷地看了他一眼。到目前为止，他还没有理出任何头绪，只得继续追问道：

"他真的是今天早上死的吗？怎么死的？"

"被花盆砸死的。有人刻意为之。"

"谋杀案？真的？"勒格的目光又回到了信上，"那么，真相就显而易见了。写这封信的家伙知道你这个人总是喜欢在案发现场转来转去，干那些条子才会干的事情。于是他就好心提示你尽快到这儿来，免得错过这桩案子。"

"你这个人真是既无礼又粗俗。"我不屑地说。

"粗俗？"他说，"老兄，我虽然是个直肠子，但可绝不粗俗。"

他想了一会儿，接着说道：

"条子嘛……你说的对，条子这个词太普通了，应该是警察。"

"别胡扯了。重点是彼得斯是今天早上才被杀死的，而这封信至少昨晚七点之前就已经从伦敦市中心寄到这里来了。"

他总算明白了事实，起身说道：

"那么——这意味着什么呢？也就是说写信的人昨晚就知道彼得斯今天会死。"

我的舌头仿佛僵住了一般，说不出话来，脊柱一阵发凉。

勒格又开始喋喋不休道：

"我为你尽心尽力了那么久，你今天却让我踩着那些烂泥巴走回来。天哪！你不知道，那些泥巴简直就像苍蝇一样朝你飞过来！"

"勒格，"我说，"这是一封预言信，里面一定大有文章。"

他正要说些什么，这时用餐的鸣锣声敲响了。我急忙起身朝餐厅走去。

我几乎掐着点到了餐厅。佩珀充满慈爱地看了看我，而珍妮特却依然面无表情。

利奥正和一位身着黑色晚礼服、背影看上去很瘦削的男子谈笑风生。我在他们旁边坐了下来，发现这人正是之前在恶猪的葬礼上碰到的那个英俊男子。

他长着一双深邃的灰色眼睛。他看到我很高兴，笑着说："总是在这种场合碰到你。"

我们互相介绍了一番。他比我年长，为人谦和，文质彬彬，礼貌中还带着几分害羞，是个非常有魅力的人。我们热情地交谈着，珍妮特也加入了进来。过了一会儿，我突然感觉屋里仿佛有一股怒气正在向我袭来。

这是一种在公共汽车或私人晚宴上常常会体会到的莫名的感觉。这种感觉很奇怪，但往往不会出错。我转过头去，发现正对面一个我从没见过的年轻牧师正用仇恨的眼神盯着我。他长得瘦骨嶙峋、颧骨凸出，一副典型的苦行僧模样，那漆黑的眼睛似乎有一股无名的怒火在熊熊燃烧。

我不知所措，只好尴尬地对他笑了笑。利奥帮我们互相介绍。

原来他是凯普赛克教区的新任牧师菲利普·斯梅德利·威克。我不明白他为何用如此仇恨的目光看着我，直到我注意到他不时地看向珍妮特。要不是因为这件事的话，我也许会对他感到同情。

利奥一直在向他询问情况。"我们晚餐前聊到的那个人，你说他在哪来着？"

"他住在撒切尔太太的房子里，警长。您认识这位女士吗？她在天鹅旅馆附近有一间小屋。"

他的声音很动听，但却因为焦虑而带有明显的颤抖。

利奥没有给他任何休息的机会。

"哦，我认识撒切尔太太，"他说，"她人很好，是住在布卢彻山上的杰普森家族的一员。她为什么会和那种家伙扯上关系？我真是搞不明白。"

"她出租空房间，警长，"威克瞥了一眼珍妮特，然后目光又迅速移开，"这位叫海霍的先生来村里还不到一星期。"

"海霍？"利奥说，"怎么会有这种像傻瓜一样的名字？是不是搞错了?"

每当生气时,利奥就会睁大眼睛瞪着这个可怜的年轻人。

"海霍是一个相当常见的名字,警长。"威克小心翼翼地说道。

"海霍?"利奥不可置信地看着他,"我不相信。威克,等你到了我这个年纪就不会开这种玩笑了。现在不是开玩笑的时候,小子。"

威克耳根一下子涨得通红,但他控制住了自己的情绪,没有反驳。这个荒唐的小插曲让利奥直到今天还认为威克是个没有分寸的蠢货。

我当时急于要获得更多关于案情的信息,便没有过多关注威克,而是转向了金斯顿:

"你还记得去年冬天的那场葬礼上,有个古怪的戴大礼帽的老头一直拿着一块巨大的手帕擦眼泪吗?那个人就是海霍。"

他诧异地看着我说:"你说的是彼得斯的葬礼吗?我不记得有这个人,不过我倒是记得有个女孩很奇怪。还有——"

他停顿了片刻,眼神中突然涌现出激动的光芒。

"啊——"他突然大叫道。

众人的目光齐刷刷看向了他。他有些尴尬,只好努力转移话题。待大家忘记这件事时,他才凑到我耳边,像一个少年般激动地说:"我突然想到了一件事,这也许对你有用。如果你不介意的话,我们晚宴之后再作详谈。你和彼得斯熟吗?"

"不是很熟。"我谨慎地回答道。

"他不是个善茬,"他压低了声音说,"我相信我的线索会对你破案有帮助,但我现在还不能告诉你。"看着他那双深邃的眼睛,我突然对他产生了一种亲切感。

我们并没有机会单独交谈,因为当众人还在享用餐后的葡萄酒时,负责此案的巡官突然因要事来找利奥,晚餐只好匆匆结束。

威克是一个激进的革新者。离开时,他滔滔不绝地谈论着村庄里茅屋的脏乱状况以及改变村民生活方式的必要性,这恰恰暴露出了他对茅屋以及村民的无知。

我和金斯顿试图说服他,一个村庄的意义在于它是一个足够分散的集体,村民们有独立的空间可以自己做主而不会烦扰邻居。突然,佩珀前来传话说利奥要我去一趟枪支陈列室。

枪支陈列室位于一楼,虽然陈旧,但装修非常精致。利奥经常在里面写作或擦拭他心爱的手枪。对于这两件事,他总是乐此不疲。我进去时,利奥正坐在书桌后面,而他对面一位风度翩翩的男子正细细品味着一杯威士忌。利奥向我介绍了他。

"坎皮恩,这位是巡官普西。他能力出众,今天可忙了一天了。"普西是那种任何人见了都会喜欢的人,我也不例外。

他身材瘦削、行动敏捷,长着一张幽默风趣的脸,十分讨人喜欢。

很明显可以看出，他对利奥充满着崇拜与尊敬之情。

此刻，他们两个都愁眉不展。我想这个案子对他们影响都很大，毕竟是在眼皮底下发生的谋杀案，但情况却比这还要复杂。

"真是太离奇了，坎皮恩，"佩珀关上门后，利奥说，"简直无从入手。普西来向我报告调查情况。他是个值得信任的人，以后无论什么时候你都可以相信他。"

普西一脸迷惑的样子。利奥示意他继续往下说。

"这是一个主要疑点，警长，"他用浓重的口音说，"在某一点上我们的判断似乎出现了失误，至于是哪一点我现在却还不清楚。我和我的手下今天一整天都在对在场的人逐个询问盘查，刚刚才完成了这项工作。"

"除了利奥长官之外，就没有人有合理的不在场证明吗？"我十分同情地说道，"我知道……"

"不是这样的，先生，"普西并没有因为我的打断而不悦，相反，他十分热情，"不是这样的。每个人都有不在场证明，而且非常充分。当时厨房刚刚开饭，大部分人都去吃饭了，包括花园里的草木工。其余人要么在客厅要么在吧台，均有两三名证人可以证实、房子里并没有陌生人。也就是说，今天早上所有去贝柳女士家的客人都是有目的性的。他们彼此都很熟悉，不可能是某一个人单独做了这件事情，除非……"

他停了下来，面色通红。

"除非什么？"利奥焦急地问，"快说吧，小子，不要拘束，这里没有其他人。除非什么？"

普西咽了一下口水。

"除非其他所有人都知道这件事。"他紧张地低下了头。

六

空气顷刻间像一潭死水般沉寂。普西似乎意识到自己的话过于鲁莽，低着头一言不发，忐忑不安。利奥还没有缓过神来。

"噢！"他终于说道，"你的意思是合谋，是吗？"

普西紧张得直冒冷汗。"就目前的情况来看，只有这种可能了，警长。"他小声说道。

"我不知道……"利奥说，"我不知道，普西。这只是一种假设。而且，这个案子不可能会发生这种情况。如果事情如你所言的话，所有人都要参与其中，但你知道，当时我也在场。"

利奥继续分析案情。

"不可能，"他斩钉截铁地说，"绝对不可能。普西，我们必须从别的方面入手。待会儿我们一起把不在场证明的记录再翻阅一遍，没准儿会发现什么漏洞。"

他们开始忙碌起来。我不想干涉巡官的职务,就离开了房间去找金斯顿。他和珍妮特、威克正在休息室聊天。我一走进客厅,威克立马坐直了身体,向我投来仇恨的目光。我并不是个过于敏感的人,但他对我的那种强烈的愤恨让我感到极度不自在。出于礼貌,我递给了他一支烟,他冷漠地拒绝了。

金斯顿和我都渴望单独聊一聊,于是他提议我们一起去露台上抽支雪茄。

威克像一条忠犬般感激地看了金斯顿一眼,我的心里愈发愤愤不平。珍妮特坐在壁炉前的地毯上,她还生着闷气。

我们穿过落地窗来到比任何好莱坞电影里都精致的大理石露台上。金斯顿抓着我的胳膊说:

"我想说,那个叫彼得斯的家伙……"我的思绪回到了多年前,在学校教堂后的那片草地上,格菲抓着我的胳膊,对我说同样的话,甚至连语气都一模一样——激动中夹杂着愤怒。

"彼得斯……"

"嗯?"

他迟疑了片刻,然后说道:"我要向你坦白一件事。"可能是因为我睁大眼睛看着他,他尴尬地笑了笑,说,"我可没有抢劫那个讨厌的家伙。我帮他写了遗嘱，这就是我要告诉你的事。你知道，他得了阑尾炎之后来我这儿调养身体，但过程中不幸感染了风寒，患上了严重的肺炎。虽然我尝试过一切治疗手段，最后他还是去世了。他来找我是因为众所周知，我的诊疗费相当便宜。他说附近有个人向他推荐了我，还说了那个人的名字，我略微有些印象。言归正传，虽然他病情严重，但还是有清醒的时候的。他叫人请我过去，说他想要立一份遗嘱。我帮他把内容写了下来，他在上面签上了名字。"

他突然变得焦躁不安。

"我告诉你这些是因为我知道你这个人，"他继续说，"珍妮特跟我讲了许多关于你的事，而且现在利奥又命你来调查哈里斯的案子。实话告诉你吧，坎皮恩，事实上，我稍微改动了一下那份遗嘱。"

"你真那样做了？"

他点了点头。"当然，我并没有改变他的本意，而只是把语言形式稍微改动了一下而已。我也是迫不得已。因为他口述的时候是这样说的：'本人把生前一切所有物，包括死后可能分配到的财产，均留给我那个卑鄙无耻的混蛋弟弟——曾用名亨利·理查德·彼得斯，不知道他现在叫什么名字。我这样做并不是因为喜欢他、同情他，或怜悯他参与任何非法的勾当，而仅因为他是我母亲的儿子，并且我再无其他兄弟姐妹。'"

他停了下来,严肃地看着我。夜色渐浓,银白的月光洒在他的脸上。

"我觉得那样写并不适合,会带来诸多麻烦。于是我把语言稍稍修饰了一下。我仅清楚地表述了彼得斯先生希望把一切遗产赠予他弟弟的意愿。他在遗嘱上签完名之后就去世了。"他点燃了一根雪茄,安静地抽着烟。

"一看到哈里斯,我就觉得十分眼熟。"抽完烟,他继续说道,"直到今天晚餐时,你向我提起了那场葬礼,我才想起是谁。彼得斯和哈里斯有许多共同点。他们本性相同——如果你明白我的意思的话,肤色也一样。虽然彼得斯更高更胖一些,但我越想越觉得他们长得很像。你明白我的意思了吧,坎皮恩?哈里斯很有可能就是彼得斯的弟弟!"

他道歉似的笑了笑。

"我已经说完了,看样子你并不觉得很激动嘛。"

我没有急于回答他。我可以肯定的是,太平间里的那具尸体才是我所认识的彼得斯。如果他有一个弟弟的话,金斯顿的那个病人才是。这更加证实了我的猜测——恶猪一定是做了什么见不得人的事,才会遭到报复被人用花盆害死。

"我把遗嘱交给了他的律师,"金斯顿继续说道,"他们让我安排葬礼相关事宜,并付给我报酬。收据我放在家里,可以给你看看。明天早上如何?"

我答应了,他继续用平淡的语气说着:

"今天早上事情发生时我就在现场。我们一群人正在玩扑克。我刚赢了一局好牌,突然外面传来一声巨响,我们都跑了出去,但已经无力回天了。你看过尸体了吗?"

"嗯,"我说,"但还没有仔细检查。这是你第一次见到哈里斯吗?"

"哦,天哪,当然不是!他一整个星期都待在奈茨庄园。我每天都得去那儿帮一个叫弗洛西·盖奇的女佣看病,她得了黄疸。但我并没有和哈里斯有过多交流。你知道,没有一个人想和他说话,他这个人蛮横无理。与威克的那件事就充分说明了他是个怎样的人。"

"威克?"

"哦,你没听说吗?"金斯顿惊讶地看着我。和大多数乡村医生一样,他酷爱八卦,"这事说来也十分有趣。威克这个人是个直肠子,你也许已经注意到了。"

我同意了他的说法。他窃笑不已。

"哈里斯扬言要在离板球场不远的海湾旁建一座海滨浴场和一个舞厅。威克听到了之后暴跳如雷,他认为凯普赛克应该要往公共福利方面发展——例如公共厨房及有专人管理的托儿所等,他气急败坏地去找哈里斯理论。哈里斯这个人玩世不恭,他不停地嘲讽威克,并以此为乐,他们在奈茨庄园的客厅里吵了起来。当时在场的还有比尔·达切尼等。威克对他无可奈何，只好放他走。比尔说威克当时气得眼珠子都快跳出来了。哈里斯说到时候舞厅里会安排跳舞女郎，还会建一些秘密赌场，可惜还没来得及实现就已经进了鬼门关了。比尔说他试图安慰威克，他气得咬牙切齿。现在你明白哈里斯是哪种人了吧，他其实根本没有必要嘲笑威克，威克是个不错的人，除了有点严肃，这是题外话了。问题是，到底是谁杀了哈里斯？明天一早我就把律师的名字，还有能找到的所有相关文件都给你，怎么样？"

"那再好不过了，"我微笑着，尽量不表现得过于激动，"谢谢你告诉我这件事。"

"不客气，希望我能帮得上忙。这里很少会发生什么大事。"他尴尬地笑着，"这样说可能有些幼稚，但你无法想象这个小村庄对一个才华横溢的人来说是多么无趣。"

我们回到了客厅。珍妮特和威克正听着广播。看到我们回来了，珍妮特立马起身把收音机关掉了，威克则意味深长地朝我叹了口气。

不一会儿，利奥也进来了。他为刚才的失陪连连向我们道歉，但仍然一副忧心忡忡的样子。自然而然地，聚会就此早早收场。金斯顿和威克一起回家了，珍妮特和我一起到露台上散步。夜深人静，一片一片的月光温柔地洒落下来，晚风习习却不觉有丝毫凉意。花园里的紫罗兰在夜里愈发香气袭人，夜莺在冬青树上唱着悠扬的歌。

"艾伯特……"

"嗯?"

"你认识很多奇怪的朋友,对吗?"

"哦,在学校里你会认识各种各样的人。"我心不在焉地回答着,"就像是鸡蛋一样,你无法分辨哪个鸡蛋以后会变成坏蛋。"

她深深地叹了一口气,清澈的眼睛在月光的映衬下非常动人。

"我才知道你读了一所男女混合的学校,"她挖苦道,"不过这也刚好符合你这个人的特点。"

"在某种程度上是这样,"我没有反驳,"我还记得马歇尔小姐。她是个雷厉风行的校长,不仅在曲棍球场上对我们严厉训练,还经常惩罚我们。只要我们一犯错,她就立马像一阵旋风似的拿着桦条出现了。"

"不要说了,"她打断了我,"你觉得威克这个人怎么样?"

"还不错。他住哪儿?"

"牧师宅,就在奈茨庄园后面。为什么问这个?"

"宅子里是不是有一个漂亮的花园?"

"那个花园非常漂亮。你问这个干什么?"

"他的花园和波佩的花园挨着吗?"

"牧师宅的花园和奈茨庄园后面的栗子树丛连在一起。你究竟为什么问这个?"

"只是想了解一下他的背景,"我说,"他非常喜欢你,是吗?"

可能我的问题过于唐突,她没有回答,身体竟然微微颤抖起来。

"艾伯特,"她小声说道,"你知道这桩残忍的凶杀案是谁干的吗?"

"还不知道。"

"你觉得你会找出凶手吗?"她声音小得我几乎听不见。

"一定会找到的。"

她把手放到了我的手上,说:"利奥很喜欢波佩。"

我紧紧地握住了她的手,"利奥对凶手还一无所知。"

她的身体瑟瑟发抖,"这更加糟糕,不是吗?倘若他知道了真相,对他来说无异于晴天霹雳。"

"你的意思是波佩……"

珍妮特抓着我的肩膀,情绪激动地说:"他们都包庇她,不是吗?毕竟,她才是损失最大的那个人。回到镇上去吧,艾伯特,放弃这桩案子,别再查下去了。"

"不可能,"我直截了当地说,"我绝对不可能放弃。"

我们沉默地走着。珍妮特今天穿了一条蓝色长裙,头发挽成一个髻,十分美丽动人。

过了一会儿,她突然说我是一个正直诚实的人,并为下午所说的话向我道歉。

我迫不及待地原谅了她。我们一起走向了落地窗，正犹豫着是否再散会儿步时，一件不幸的事悄然而至。佩珀气喘吁吁地向我们走了过来。他先是有礼貌地向我们道歉，然后说一位叫埃菲·罗兰森的小姐前来找我，现在正在餐室里等我。

七

我一头雾水地跟着佩珀走进了屋子，小心地问道："她长什么样，佩珀？"

他转过身来。虽然佩珀年事已高，岁月在他脸上留下了斑驳的痕迹，但两只深陷的眼睛仍然锐利明亮。

"那位年轻的女士告诉我，她是你非常要好的朋友，所以才会冒昧深夜来访。"他推开了餐室的房门。

"唷嗬！"里面的人发出了一声叹息。

佩珀离开了房间，那位埃菲·罗兰森小姐站起来走到了我面前。

"喔噢！"她上下打量着我，睫毛忽闪忽闪，"你并没有真的生气，对吧？"

我一脸茫然地看着眼前的这位不速之客。她身材娇小，金发碧眼，牙齿如同牙膏广告中的女郎一样洁白，浑身散发着女人味。她穿着一身黑衣服，只有帽子上插着一根白色的羽毛，看起来既像哈姆雷特又像阿拉丁。

"喔噢,看样子你不记得我了,"她说,"我真不该来的!本来还信誓旦旦地以为你肯定认得我呢。我真是太蠢了,对不对?"

"也许你认错人了?"

"喔噢,并没有……"她眨巴着眼睛盯着我,"我可记得你——在葬礼上。"说最后几个字时,她刻意压低了声音。

我如梦初醒——她就是彼得斯葬礼上的那个女孩。我不明白自己为何会记得那个老头却不记得她,只是隐约觉得她很可疑。

"啊,没错,"我说,"我想起来了。"

她高兴地拍了拍手,尖声说:"我就知道你一定记得我。不要问我为什么,我就是知道。我的直觉就是这么准确。"

对话突然陷入了僵局。我不知道该说些什么,她直勾勾地看着我,浅灰色的眼睛十分敏锐。

"我知道你会愿意帮助我的。"终于,她开口说道。

我很清楚自己对她并不感兴趣。正当我思考着怎么说比较好时,她突然一语惊人。

"他践踏了我的感情,"她说,"我不知道自己从什么时候开始竟然会对男人用错感情。但是,女孩总会犯错,你说是吗,坎皮恩先生?我知道自己不该在我们只见过一面——或者说只是看了彼此一眼的情况下，就自作主张说我是你的老友。我以后不会再那样做了。"

"罗兰森小姐，"我说，"你究竟为何而来？我——呃——我想我有权知道。"我语气坚定，想要弄清楚事实。

"喔噢，你真无情。男人都这么冷酷无情，不过也不是所有人都像他那样铁石心肠，"她假装克制自己，"我也许不该这样说他，他已经死了——对吗？"

"谁？"

她咯咯地笑了起来："你可真谨慎，所有侦探都这么谨慎吗？不过我喜欢态度谨慎的男人。我说的当然是瑞奇·彼得斯。我以前经常叫他肉球，他可生气了。你想象不出他有多生气，可怜的肉球！也许我不应该嘲笑一个死人——如果他已经死了的话，你说呢？"

"亲爱的小姐，"我说，"我们参加了他的葬礼，不是吗？"

也许我的言辞过于尖锐，她瞬间像变了一个人似的。她摆出一副优雅从容的样子，慢慢地坐了下来，小心翼翼地整理着膝盖上的黑色短裙。

"我是来问你的，坎皮恩先生，"她说，"我已经对你摊牌了。现在我想知道，你对那场葬礼满意吗？"

"那和我并没有太大关系。"

"哦，没有关系？那么，你当时为什么会出现在葬礼上？坎皮恩先生，我是一个直接的人，我想要一个直截了当的回答。那场葬礼十分蹊跷，我想你应该知道。"

"听我说，我很乐意帮助你，"我说道，"如果你告诉我为什么你觉得我会这样做。"

她从容地看着我说："你读了一所好大学，对吗？我一直认为好的学校能够塑造一个人的品性，它培养的学生一定也都是绅士。虽然我不会轻易相信别人，但我相信你。如果你让我失望了，我只能自认倒霉，就是这么简单。坎皮恩先生，我本来和瑞奇·彼得斯订婚了，但是他突然不辞而别，在一家鬼鬼祟祟的私人疗养院里死了，还把所有的钱都留给了他的弟弟。难道你还觉得这件事没有可疑之处吗？"

我有些疑惑。"你觉得这件事奇怪是因为彼得斯把所有财产都留给了他弟弟吗？"

"因为我不相信他死了。我还请了律师帮我把他揪出来。我没有骗你，我有证据。"

我没有说话。她开始变得焦急起来。

"我很爱他，付出了很多努力才和他订婚的。我觉得他欺骗了我的感情。无论他躲在哪我都会把他找出来！"

她看着我，宛如一只做好搏斗准备的麻雀。

"我来找你是因为我听说你是一个侦探，而且我觉得你很面善。"

"很好,但你为什么会来这儿找我?"我问道,"为什么偏偏来凯普赛克?"

她深深地叹了口气,说:"我把一切都告诉你,坎皮恩先生。"

"我有一个朋友住在这个村子里,我给他看了彼得斯的照片。他上了年纪了,我们认识好多年了。"

她停下来看了看我,想要确认我是否相信她。显然,她消除了疑虑,又继续滔滔不绝地说道:

"几天前他写信给我,信里说道:'我们村里来了一位绅士,长得和你那位朋友极为相似。如果我是你,我必定亲自过来瞧一瞧,定当有所收获。'我收到信之后立马赶了过来,却发现我要找的那个人今天早上刚刚死了。我听说你也在这里,所以就过来了。"

我问:"你确定想要见他?"

她坚定地点了点头。

"为什么来找我而不去警察局呢?"她的回答让我放下了戒备。"你知道,我有一种和你似曾相识的感觉。"

在这个节骨眼上,证人的出现对案情大有裨益。我说:"你什么时候可以去警局?"

"我现在就想去。"

我表示现在天色已晚,然而她态度异常坚定。

"我已经下定决心,如果今天不把这件事解决的话,我肯定会睡不着。请你立刻开车带我去吧,现在就去。我知道我给你添麻烦了,但我也没有办法。一旦我脑子里想着一件事情,不把它做完我是不会安心的。这件事要是拖到明天的话,我肯定会病倒的,我说真的。"

从过往的经验来看,最安全的做法就是在证人刚出现时就把她牢牢锁定。

我拿起电话,让女仆通知勒格把车准备好。然后我独自去找珍妮特。

虽然珍妮特是个惹人疼爱的女孩,但有时却非常蛮不讲理。我还没说几句话,她就气冲冲地回房间休息了,我只好离开。

看到我和罗兰森小姐一同出现时,勒格不可置信地瞪大了眼睛。我把罗兰森安排在了后座,然后自己坐在副驾驶的位置上。汽车沿着车道急速奔驰着。勒格把身体侧过来对我说:"你看见过猫从狗窝里爬出来吗?"他嘟囔着。我不解地看着他,他又说道:"没什么,只是想要吓唬你一下。"

汽车继续行驶着。我开始感到我有责任帮助我的这位新朋友——埃菲·罗兰森小姐。

今夜的月亮硕大无比,如同一艘巨轮在深夜的瀚海里航行。一朵朵形状各异的黑云不时飘过,遮蔽了几寸月光,但仍挡不住这皎洁的光芒。

白天的凯普赛克是一个风景如画的村庄，而到了夜晚，朦胧的月光给它蒙上了一层神秘的面纱。一排排低矮的房子融化在浓密参天的树影里，教堂的四方形塔楼如同一只怪兽在这澄澈的夜幕下露出狰狞的面孔。汽车呼啸着驶出这个诡秘的村子，奔赴目的地。

我们终于到了警局。此时，整个警局只有一盏灯还亮着。我转过身去，问道：

"你确定不要明天再来吗？"

她咬着牙说："不用。谢谢你，坎皮恩先生。我已经下定决心，今天必须要弄明白。"

我把他们留在车里，独自一人下了车去找值班的警察。还未到门口，普西突然走了出来。他正打算去休息，听到我的来意后，非常乐于帮忙。夜阑人静，我们小声交谈着。

深夜来访，我表示十分歉疚。他说："没关系，先生。对于这桩案子我们也一筹莫展，如果那位小姐能给我们提供一些线索，这比死者远在伦敦的房东有用多了。如果您不介意的话，我们这边请。"

我把勒格和罗兰森小姐叫了过来。一行人沿着一条碎石小路向警局后面的院子走去。普西打开了院子的大门，我们慢慢靠近那个看起来就像是一间乡村教室的石板顶小屋。

我抓紧了罗兰森的胳膊。她并不是一个胆小如鼠的人，但此刻她嘴唇哆嗦,身体的每一部分都在颤抖着。

普西泰然自若地说道:"门旁边就有一个电灯开关,小姐,您不用害怕,一会儿就好了。我先进去。"

普西掏出钥匙打开了门,我们几个人紧挨着站在石板台阶上。他打开了电灯开关。"现在——"话音刚落,他突然发出了一声惊恐的尖叫。只见屋子正中间的桌子变得四分五裂。原本盖在桌子上的棉布凌乱地铺在地板上,就像是刚起床的人把它随意地丢在一边。

恶猪彼得斯失踪了。

八

那一刻,空气仿佛都静止了。就在今天下午,我眼睁睁地看见恶猪静静地躺在那张白色棉布下。而此刻,眼前的一切让我的记忆恍若被篡改了一般。冰冷的屋子里悄然无声。勒格迈着沉重的步子向前走了几步,打破了沉默。

"那该死的尸体不见了?哎呀,巡官先生,但愿您的乌纱帽可不要丢了。"

普西愣愣地看着散了架的桌子,面色一阵惨白。

"真是见鬼了。"他四处环顾着这空荡、黯淡的房间,似乎想要从空白的四壁上寻找答案。

空荡的屋子里笼罩着惶惶不安的气氛。

普西本来还要说些什么,突然,埃菲·罗兰森像发疯了一般,她双手捂住头,歇斯底里地尖叫着,好像大脑的血管要胀裂开似的,恐惧使她每根筋骨都在颤抖。我不得不紧紧地抓住她的肩膀,用力地摇了摇她。

她终于平静了下来,满脸愤怒地看着我。

"够了!"我说,"你想把整个村子的人都吵醒吗?"

她用力推开了我,说:

"我很害怕,我不知道自己在做些什么。到底怎么回事?你告诉我他在这儿,现在他却不见了。"

她吓得号啕大哭起来。普西看了看她,又看了看我,无奈地说道:

"这位小姐最好还是先回去吧。"

罗兰森紧紧地挨着我说:"休想丢下我一个人!我告诉你,我现在是不会回羽毛旅馆去的,绝不会!"

"没关系,"我安慰她道,"我让勒格开车送你回去,没有什么好害怕的。这其中肯定是有什么误会。说不定是殡仪员把尸体……"

话音未落,普西抬起头打断了我:

"不可能。一小时前尸体还在这儿,我来检查过。"

埃菲又开始呜咽道:"我不会跟他一起走的。除了你,我不会跟任何人走。我快要吓死了。是你带我来这的,你也必须带我走。快送我回去!我要回去!"

她的哭喊声令人焦躁不安,普西只好恳求地看着我。

"先生,还是麻烦您把这位小姐送回去吧,"他犹豫地说道,"也许这样会比较好一些。我现在必须立刻去电话通知利奥警长。"

我向勒格投去恳求的目光,他假装没有看到。罗兰森小姐一边抽泣着一边把头靠在了我的肩膀上。

这一切如同一场噩梦令人胆战心惊、难以置信。屋外的院子被一层阴森恐怖的光影笼罩着。炎热的夏夜,空气仿佛静止了一般纹丝不动。埃菲的身体剧烈抽搐着,让人不禁担心她下一秒就会晕厥过去。

"我马上回来。"说完,我立马带着她沿着碎石小径向汽车走去。

羽毛旅馆孤零零地坐落在村子尽头的山顶上。虽然住宿条件乏善可陈,但那儿的啤酒却是远近闻名。

埃菲·罗兰森自己坐到了副驾驶的位子上。我上车时,她拼命往我身边靠了靠。

"这太可怕了,"她仍惊恐未定,"我本来已经做好准备了,可事情却不像我想得那么简单。坎皮恩先生,瑞奇一定是自己走了出去。你绝对没有我了解他。从我听说他去世的那一刻起,我就一直不相信。他这个人既无情又狡猾,现在肯定是在哪个地方躲着。"

"他今天下午确确实实死了，"我冷冷地说道，"这一点毋庸置疑。而且由于到目前为止世界上还没有出现过死而复生的奇迹，他现在恐怕还是一具死尸，你大可不必太过激动。我很抱歉你受了惊吓，但尸体消失一定会有一个合理的解释。"

我没有想到自己也会开始烦躁。毕竟，尸体失踪这件事太令人匪夷所思、惊恐不安了。

汽车很快驶离了村庄，开到一片狭长的荒野上。这里荒无人烟，诡秘的灯光照在丛生的杂草上。埃菲战战兢兢地说：

"坎皮恩先生，我不是一个喜欢疑神疑鬼的人。我相信你也感觉到了这里有异样，对吗？如果彼得斯突然从路边的石头后面钻出来朝我们走过来……"

"闭嘴！"我厉声说道，"不要再自己吓自己了，孩子！我向你保证这一切都会水落石出的。回到羽毛旅馆后，先喝杯热水再去睡觉吧。明天早上醒来你会发现疑团已经解开了。"

她把身体往远处挪了挪，瞬间恢复了老样子。"哦，你真无情。我说过你冷漠无情，不过我就喜欢这种人。"

她情绪转变的速度简直堪比闪电，让我哭笑不得。汽车终于到达了旅馆门口。午夜时分，一片漆黑，这座建筑仿佛被黑暗吞噬了一般。

"哪扇门？"我问道。

"上面写着俱乐部的那间,现在应该是锁着的。"

我下了车去敲门,好一会儿都没有回应。正当我感到不耐烦时,里面突然传出了一阵鬼鬼祟祟的声音。我又敲了一下,这次,门终于吱呀一声打开了。

"我说,你来得也太晚了吧。"一个熟悉的身影从里面走了出来,月光将他的脸色照得惨白——是惠比特。

我目瞪口呆地看着他。他也有些惊慌失措。

"哦……呃……坎皮恩,"他说,"你好啊!天色不早了啊!"

他试图退到门口。我努力保持镇定,拉住他的衣袖说:

"嗨,惠比特,你这是要去哪儿?"

他没有反抗,也没有要靠近我的意图。我隐约感到,一旦我松手,他就会立刻消失在我眼前。

"我正打算去睡觉,"他支支吾吾地说,"听到你敲门,我就过来开门了。"

"你留下来我们谈一谈,"我冷冷地看着他,用命令的口吻说道,"你在这里做什么?"

惠比特不停地闪烁其词,让我一改平日温文尔雅的形象,变得疾言厉色起来。

他没有回答,我又重复了一遍。

"这里?"他抬头看了看旅馆,说,"哦,对了,我在这儿暂住一两天。"

我努力克制住心中的怒火。我几乎忘了埃菲还在车里,直到她匆匆走了过来。

"惠比特先生,"她气喘吁吁地说,"他不见了!尸体不见了!我们该怎么办?"

惠比特瞥了她一眼。从他苍白的眼神中我捕捉到了警告的讯息。

"啊,罗兰森小姐,"他说,"你出去了?回来得可真晚啊。"

罗兰森并没有配合他的表演。

"尸体不见了,"她重复道,"瑞奇·彼得斯的尸体不见了!"

惠比特终于理解了她的话,狡猾地说:

"丢了?哦……真糟糕,一定会坏事的。"

话音刚落,他突然伸出手对我说:

"很高兴见到你,坎皮恩先生。有空我一定亲自登门拜访。那么——晚安了。"

他和埃菲一起走进了房间,准备关门。我镇定地把脚抵在门口,从容不迫地说:

"听着,惠比特,关于这个案子,如果你知道什么,或者能够帮我们什么忙的话,你最好说出来。关于彼得斯,你到底知道些什么?"

"哦……我什么也不知道。我只是暂时住在这里。当然,我也听说了这个消息……"他再次试图把门关上。我抓住他的衣袖问：

"你收到过一封信，还有没有收到过其他的？"

"有关鼹鼠的吗？没错，我确实又收到了一封。我把那封信给罗兰森小姐看了。我说，你把尸体弄丢了真是太糟糕了。你有没有去河里找找呢？"

他这句突如其来的话让我怒火中烧。我抓紧了他的手，问：

"为什么要去河里找？你究竟知道些什么？"

也许我抓得太紧了。他用力甩开了我的手说：

"我要是你肯定会去河里找找。这不是很明显吗？"

他再一次试图关门。然而，我的脚仍插在门缝里，他只得把门打开，狼狈地说：

"现在实在是太晚了。坎皮恩，并不是我傲慢无礼，如果可以的话，明天我去拜访你。再说，没找到尸体前，你做什么都无济于事，不是吗？"

我有些迟疑。惠比特话里有话。虽然我也急于回去，但他实在是太过可疑。他和埃菲·罗兰森究竟在做些什么？就在我犹豫不决时，惠比特往前走了一步，趁我不自觉地往后退时，他慢慢地把门一点点合上。我眼睁睁地看着他和埃菲的脸渐渐消失在我眼前。

我气得咬牙切齿，忍不住骂了他几句。不过君子报仇，十年不晚。我立刻驱车赶回警局。惠比特究竟和这桩案子有何联系？我百思不得其解。

我驾着车飞速赶回了警局,刚在警局门口停下,另一辆车迎面驶来——是利奥的亨伯车。开车的是佩珀·朱尼尔,利奥坐在后座向我招手。

"是你吗,坎皮恩?真是见了鬼了!普西在电话里都告诉我了。"

我立刻走上前去,打开了车门。

"警长,您要下来吗?"

"没错,孩子。我本来早就该到了,但路上我又去接了威克过来。他好像在回家的路上发生了一点意外。"

说着他打开了后座的灯。原来车上坐着的还有菲利普·斯梅德利·威克。看到我,他异乎寻常地朝我友好地笑了笑,面色苍白而尴尬。他浑身湿透,狼狈不堪,西服紧贴在身上,白色的牧师领像一块湿透了的抹布。

"他告诉我他不小心掉进河里去了。"利奥说。

九

"掉进河里?"我惊讶地问道,惠比特刚才那番荒唐言辞在我脑海里回荡,"真的吗?"威克咯咯地傻笑了起来,似乎为了掩饰他的紧张。利奥瞪了他一眼。

"真是,"威克道,"我本来想穿过盐碱滩走近路回家,可一不小心掉进了排水沟里。我好不容易爬了出来,手电筒却不见了。幸好利奥警长看到了我,让我坐上了他的车。"

今晚的月光如此明亮,不可能连排水沟都看不清,这个故事显然漏洞百出。我原以为利奥肯定也注意到了这一点,然而,他是个脑子只有一根筋的人,此刻唯一的想法就是尽快把尸体失踪一事搞清楚。

"没关系,没关系。"利奥说,"马上佩珀就送你回去。到家之后先喝杯热棕榈酒,再裹条毯子在身上。很快就会没事的。"

"呃——谢谢,真是太感谢您了,"威克说,"我必须得说——"

话音未落,一向忠心耿耿的佩珀·朱尼尔就连忙踩下了离合器,迫不及待地执行主人的吩咐。汽车渐行渐远。

威克的行迹以及他突然转变的态度引起了我的怀疑。

"您在哪碰到他的?"我问利奥。

"一条小路上,我差点撞到他。他没什么事,就是像一只落汤鸡一样。"利奥一边心不在焉地说着,一边费力地开着警局门上的锁。

"我知道,"我说,"但他大概九点四十五分就离开海华特斯了。我还以为金斯顿会送他回家。"

"的确如此,"他终于把门打开,舒了口气说,"金斯顿把他送到了粮库旁边,他说他要穿过盐碱滩走回去,那里离他家不过五百码。谁知道这个傻子不小心掉进了沟里，就害怕地回到了路上。事情就是这么简单，没什么好问的。走吧，孩子，不要浪费时间了。"

"可现在已经将近午夜了，他不可能过了几个小时才从排水沟里爬出来。"

"有这个可能。"利奥不耐烦地说，"毕竟他这个人弱不禁风。总之，当务之急并不是这个。我不喜欢任何人拿尸体来开玩笑，尤其是在我的地盘上。这简直罪不可恕！啊，普西来了。有什么新发现吗？"

利奥走到普西跟前。月色朦胧下，他们的脸仍清晰可辨，更不用提那波光粼粼的排水沟了。威克究竟是怎样掉进去的，实在是令人匪夷所思。

"警长，这件事太蹊跷了。"我们一起走进了小屋。勒格还在里面。普西开始向我们讲述他的调查情况。

"警长，正如您现在所见，当时屋子里所有的窗户都从里面闩上了，门也上了锁。大约十点四十五分左右，我来检查时情况一切正常，尸体还好端端地躺在那儿。检查完毕后我回到前屋，值了一会儿班后就去楼上的房间休息了。我正要睡觉时，坎皮恩先生带着勒格和一位年轻的小姐来找我。我们几个人来到小屋之后发现尸体已经不见了。"

说完，他深吸了一口气。利奥气急败坏地问："房间钥匙一直在你那吗？"

"是的，警长。"

对于不可能发生的事情，利奥第一反应是有人在撒谎。我感到他几乎快要爆发了。

"普西，我一直认为你办事很有效率，"他努力压抑心中的怒火，仿佛暴风雨来临前的宁静，"但你现在竟然要我相信这种无稽之谈。如果罪犯不是从窗户爬进来的话，那必定只能从门里进来，而你又拥有唯一的一把钥匙——"

普西咳嗽了一声，道："对不起，警长，不过我和勒格先生刚刚发现了一些线索。这间小屋是由住在附近的建筑工亨利·罗伊尔先生建造的。我们发现，它和附近其他一些同时期建造的房子使用的是同样的锁。"

利奥的怒气渐渐平息。"那其他钥匙丢了吗？"

"没有，但是罗伊尔先生最近经常在这附近工作，或许——"

利奥松了一口气。

"既然这样，我们再留在这里也无济于事。普西，你还是把这里锁好吧。真是太不应该了！"

普西并未放弃。他自信满满地带着我们穿过院里的草丛，来到了警局的栅栏前。栅栏上有几块木板被踢开，周围有一排脚印通往栅栏外面的泥巴小路。

"这是今天晚上新发现的。"

我们沿着小路仔细搜查了一番,但一无所获。路面非常坚硬,杂草丛生。

普西说:"犯罪嫌疑人偷走尸体的时间在十点四十五分至十一点二十五分之间。考虑到重量问题,尸体很有可能是用汽车或马车运走的。警长,请恕我直言,现在已经很晚了,我们什么也做不了,不如等到明天早上再来盘问附近的居民。"

大家都点了点头。佩珀把威克送回家之后,返回来接利奥。普西回房间休息去了。月已悄然下沉,天边出现了几缕微弱的霞光。我打算独自步行返回,就让勒格开着拉贡达先行回去。

踩在杂草丛生的小路上,我按照普西指引的方向慢悠悠地往马路走去,思考着刚刚发生的一切。

这桩谋杀案本已让利奥和普西忙得焦头烂额,而刚刚那出骇人听闻的闹剧更让他们手足无措。

突然,我意识到,这个意外恰恰证明了一点——波佩的那帮朋友也许会因为打抱不平设计将彼得斯害死,但他们没有任何理由千方百计地将尸体运走。凶手必定另有其人。

在剩下的人中,威克是嫌疑最大的一个。正思考之际,我突然发现自己已经穿过小路,来到了一片草地上。草地不远处有个山坡。我知道，如果不想绕远路的话，我就得翻越这座山坡才能走到马路上。

山脚下方一片漆黑。我一边吃力地走着，一边继续思考着。就在这时，山顶上方突然传来了一个让我毛骨悚然、头皮发麻的声音。

那分明是恶猪的咳嗽声。那声音简直和恶猪一模一样。

我呆若木鸡地站在那儿，童年的恐惧再一次向我袭来。过了一会儿，我加快脚步向坡顶走去。晚风在我耳边呼啸而过，我的心怦怦直跳。

快要到达坡顶时，灰暗的天空下，一个模糊的轮廓突然显现在我眼前。我停下脚步，睁大眼睛仔细看了看，原来是一个三脚架。我本以为上面架着的是一台小型机关枪，后来发现不过是一个老式望远镜。

我小心翼翼地向它靠近，这时，一个瘦小的身影突然从它旁边走了出来。由于背对着光，我看不清那人的脸。我停住脚步，说了一句非常蠢的话——"你好"。

"你也好，先生。"那是我有生以来听到的最令人作呕的声音之一。他慢慢向我走来。那忸怩的姿态让我立刻认出了他。

"也许我知道一些你不知道的事，"他说，"你是坎皮恩先生吗？"

"是的，"我说，"那么，你是海霍先生。"

他哈哈大笑起来。

"没错，没错。我今天正好想找你谈谈呢，先生。我本来还想着怎么才能不让人发现，这真是太巧了。没想到你这样年纪的人会在这种时候出来散步。毕竟,大多数年轻人这个点儿都喜欢躺在床上睡大觉。"

"你起得可真早啊,"我看着这台望远镜说,"等着看日出吗?"

"没错,"他又笑了起来,"但还有别的事。"

凌晨两点,两个人在山上的这段对话听起来似乎不可思议。我想他一定是属于那种为了观察鸟类特地跑到山里来的自然爱好者。然而,这个想法很快便不攻自破。

"我猜你一定是在调查那个倒霉鬼哈里斯的死因吧?"他说,"坎皮恩先生,不如我们谈笔交易。只要你给我一笔合理的价钱,我保证会给你提供一些可靠的线索。这些线索定能让你不费吹灰之力便能破案。到时,人们都会说你料事如神,而我不会分你一杯羹。现在,不如让我们来谈谈……"

我忍俊不禁。这种话我早就司空见惯了,倒是那声咳嗽仍在我耳边回响。

"我想哈里斯是你的亲戚吧?"

他脸色变得有些僵硬,耸了耸肩膀说:

"我的侄子,一个不怎么安分的侄子,他很有钱。你知道,我不是那种只能整天待在破茅屋里的可怜工匠,或是晚上喜欢到这种偏僻乡下散步的人。"

虽然他相当令人反感,但我很高兴我终于解开了咳嗽的谜团。

突然,我记起了一件事情。到目前为止,除了埃菲·罗兰森外,我是唯一一个把瑞奇·彼得斯和奥斯瓦德·哈里斯联系在一起的人,而罗兰森还只是对此存有怀疑。

"我想想,"我说,"你的侄子叫罗兰·彼得斯,对吗?"

可惜的是,他对我的推断置之不理。

"坎皮恩先生,我有好几个侄子呢,或者说曾经有好几个侄子,"他故作正经地说,"但我认为我们来这儿是谈交易的。如果你不介意的话,我们还是言归正传。五百几尼,我就告诉你事情的整个前因后果,如何?"

他喋喋不休地说着。突然,我计上心头。

"海霍先生,"我问道,"你知道鼹鼠吗?"

他不由得发出了一声尖叫,但很快控制住了自己。

"哦!"他小心谨慎地说,"你知道关于那只鼹鼠的事,对吗?"

十

我没有作答。关于这件事我还一无所知,只能故作神秘地保持沉默。但他并没有上钩。

"我还没有仔细思考过这件事,"他的回答出乎意料,"但这其中的确大有文章。恕我直言,你比我想象的要聪明得多。"

他叹了一口气,然后坐在了草地上。

"没错,"他双手紧紧抓住膝盖,继续说,"鼹鼠的事的确值得深思。只要我们两个一起抽丝剥茧、层层分析,肯定会有所发现。现在,关于价钱的问题……我也不想一直提这个,但我现在实在是经济拮据。你愿意出多少?"

"一分钱也不愿意,"我直截了当又不失礼貌地说道,"如果你知道你侄子的死因,你有义务去警察局说出真相。"

他耸耸肩,遗憾地说:"好吧,我可给过你机会了。"

我转身离去,心想着他肯定会把我叫住。果然,没走几步,他便大喊道:"年轻人,不要心急。我的线索对你十分有利。不如我们好好谈谈,何必争吵呢?"

"即使你知道什么,"我背对着他说,"你也不敢轻易说出来。"

"啊,你不明白。"他松了一口气说,"我本就一无所有,没什么好怕的。我的立场很简单。我只不过想用我手中的筹码捞笔好处。现在,可不止你一个人想得到这个筹码,另外一个人我没必要说出他的名字。当然,价高者得。"

我对他厌恶至极。"海霍先生,"我说,"我累了,想回去休息了。恕我直言,你不仅是在浪费我的时间,同时也把你自己变成一个恶心的小丑。"

他站了起来。"听我说，坎皮恩，"他像是变了一个人似的，用一种讨好的语气对我说话，先前的虚张声势完全不见了踪影，"只要我愿意，我自然会给你透露一点你感兴趣的东西。警察可以把我抓进去严加审问，但他们不能拘留我，因为他们手上没有我的把柄。我不说话，他们就没办法从我口中获得任何线索。只要你给我一点酬劳，我就可以让你事半功倍。这对你来说值多少钱呢？"

"暂时非常少，"我说，"恐怕只有半克朗。"

他笑道："我想可不止这么多，远远不止。我不是一个有钱人。实话告诉你，我现在极度缺钱。这样吧，不如我们明早再见。当然，不像现在这么早。七点怎么样？这样我就有完整的二十四小时。要是其他地方也不能让我满意的话，我可以把价钱适当降一些。你说如何？"

虽说他厚颜无耻，但至少这个样子比刚才要好得多。

"到时我们也许可以谈谈关于那只鼹鼠的事。"我勉强同意道。

他瞟了我一眼说："很好，鼹鼠——还有其他的事情。那就这样说定了，明早七点在这碰面。"

我正要离开，突然灵机一动。

"关于你要找的另一个人，"我说，"假如我是你的话，我可绝不会去找利奥警长。"

这次他发自内心地笑了："你确实比我想象的要聪明得多。"我走下山坡，心里若有所思。坦白来说，直到那时，我都没有想过他可能只是来敲诈勒索的。

当时，我以为拖延二十四小时是完全正确的。可是，正如我所说的，我并不知道我们所面对的是一个什么样的人。此后，每当我得意忘形时，我就会想起那个小山坡上发生的一切。

走到海华特斯宅邸前时，我已筋疲力尽。天已微亮，黎明的曙光拂去夜幕的轻纱，吐出灿烂的朝霞。早起的云雀在半明半暗的天空中高转着歌喉。空气中弥漫着醉人的气息。

我怀疑餐室的落地窗没有拴好，便走过去看看。不巧的是，这个点本该还在睡觉的珍妮特突然走到房间的阳台上。我抬起头，发现她正鄙夷地看着我穿着西服鬼鬼祟祟的身影。

"早上好。"我故作镇定地说。

她双颊立刻涨得通红。

"希望你已经把罗兰森小姐安全送回家了。"说完，珍妮特便径直走回了房间，不留给我解释的余地。

洗了个热水澡后，我稍做休息了一会儿，等着利奥来找我。八点左右，他终于过来了。我们早餐前到花园散了一会儿步。我把心里的想法告诉了他。

"你的意思是监视那个家伙吗？"他说，"好主意。我马上打电话给普西。我就说'海霍'这个名字这么奇怪，肯定是化名。你为什么怀疑他呢？"

我把山上发生的一切告诉了利奥。一开始他想立刻把海霍带回警局。"我认为这样做不妥，警长。"我说，"参与这件事肯定不止他一个人，除非他想自掘坟墓。让他去吧，我相信很快我们就可以顺藤摸瓜，揪出真正的幕后黑手。"

"好吧，"他说，"那就按你的意思去办吧。不过我更喜欢直截了当的方式。"后来发生的一切证明利奥才是正确的，但当时我们谁也没有料到。

珍妮特没有来吃早餐，我还没来得及顾及她，金斯顿忽然出现在餐室门口。四十岁的他步履稳健、神采奕奕地朝我走来。凌乱的头发掩盖不住眼神闪烁里的兴奋。

"我找到了，"他激动地说着，"我昨晚一整夜都在不停地翻文件，终于让我给找到了。那个律师的名字叫斯金尼，他的事务所在林肯因河广场。"

我连忙掏出笔把名字记了下来。他期待地看着我说：

"如果你愿意的话，我可以歇业一天替你去看看。或者你想自己亲自跑一趟？"

我不想挫伤他的热情。他的生活一定极其枯燥乏味，否则他也不会如此心切地要扮演一名侦探的角色。

"不了。"我说,"我想暂时把这件事情放一放。你知道,昨晚尸体失踪了。"

"天哪!真的吗?"他似乎很兴奋,"案情真的是一波三折,对吗?那么关于律师的事你不得不搁置一两天了。我能帮得上什么忙吗?我待会儿要去奈茨庄园出诊,还要再看看其他两个病人。在那之后就可以听你吩咐了。"

"我刚好也要去波佩那,我们不妨一道过去。"

利奥正在枪支陈列室里和普西通电话。我向他匆匆说明了情况,他竟然明白了我的意思。

"等一下,"他说,"你的意思是,你认为你认识的一个叫彼得斯的家伙和哈里斯之间有某种联系,所以你想让我派伦敦的警察去找那些律师来辨别尸体,对吗?"

"没错,"我回答道,"也许这其中没有必然的联系,但我们可以顺便打听一下彼得斯和哈里斯。我最想弄明白的是哈里斯的钱是从哪来的——他有没有买保险或是怎样。虽然这只是我的猜测,但这些人也许会对我们有所帮助。这件事我们要谨慎应对——我的意思是不能只用电话解决。"

他点了点头说:"没错,孩子,只要有助于我们破案,不管怎样都行。你知道吗？普西马上会派人监视海霍。希望他不会牵涉到……"

他无助地叹了口气。

"我现在要去一趟奈茨庄园。"我小声说道。

利奥咳嗽了一声说："我待会去找你。不要吓到她了，孩子。我无法相信她和这件事有任何瓜葛，可怜的小女人！"

金斯顿在门口的车道里等着我。他看起来容光焕发。一波三折的案情似乎让他兴奋不已。

"想必对于这种事情，你早已经司空见惯了吧。"我在他旁边坐下时，他略带羡慕地说，"不过对于这里来说可是头一回。如果我对这件事毫不关心的话，那就太不符合常理了。也许我不该对他的遭遇如此幸灾乐祸，对吧？当然，我并不认识哈里斯，但他的所作所为实在是令人厌恶。我想这个世界还是少了他更好。你知道吗？就在他死前我还见过他，至少一个小时前，我当时还在想他的存在真是一种浪费。"

我正想着一些事情，但出于礼貌，我随口问了一句："这是什么时候的事？"

他迫不及待地说：

"在奈茨庄园的楼梯上。当时我正要上楼给那个得了黄疸的女佣看病，他摇摇晃晃地从楼上走了下来。我从未看到过有人醉成那副鬼样子。我们擦肩而过。他目光呆滞，舌头伸在外面。他也没有和我打招呼——

你知道他这种人。"

"你的病人,"我问,"事情发生时,她一定一直待在楼上吧……"

他惊讶地看着我说:"你说弗洛西吗?没错,但你可能想错了。她住在房子后部的一间小阁楼上。对了,你最好去看一看她。她现在病情稍微有了一些好转,但几天前她连站都不能站起来,可怜的孩子!话说回来,也许她当时听到了什么动静。我待会儿问问。"

我告诉他不必麻烦,但他继续滔滔不绝地对我提各种无用的建议。我不禁有些同情他——一个需要用谋杀案来调剂生活的人,肯定是非常孤独寂寞的。

到了奈茨庄园后,他去给病人看病,我则去客厅找波佩。天色很早,客厅里只有我们两人。见到我她很高兴,像往常一样坚持要给我倒杯酒。我跟着她来到酒廊,她热情地为我调酒。趁金斯顿还没来之际,我连忙向她询问心中积攒已久的问题。

"您说您还清楚记得昨天早上发生的一切,那么您是否记得有没有客人在意外发生前不久离开这里?也就是说,意外发生的时候他并不在现场,但在那之前半小时左右还在这里徘徊的?"

她正从冰柜里舀着冰块的手突然停了下来。她想了一会儿,说:"没有,没有这样的人——除非把牧师算进去。"

我摘下眼镜,问道:"威克?"

"没错。他每次总是十二点左右过来。他喜欢喝美式苏打威士忌，就跟我现在给你调的这杯一样。他向来都只喝一杯。十二点钟过来，喝完一杯就走了。昨天早上，我亲眼看到他过来，喝完酒后从厨房外边的花园里走出去，那里的台阶可以通往牧师宅前的草坪。怎么了？"

我一边看着手中的眼镜，一边不停搅动着杯中琥珀色液体里的冰块，仿佛突然明白了事情的来龙去脉。

不幸的是，我只看到了真相的一半。

十一

我还在思考时，波佩把手轻轻地放在了我的肩膀上。

"艾伯特，"她小声说道，"金斯顿快下来了，我现在不能说太多，但有件事我想告诉你。嘘！他来了。"

她立马转身回到了吧台，穿梭在各种酒杯间。金斯顿兴高采烈地向我们走来。

"她的病已经好了，"他笑着对波佩说，"或者最多两天就能痊愈。别让她吃太多油脂。坎皮恩，要上去看看吗？"

波佩竖起眉毛不解地看着他，听完他的解释后，她哈哈大笑起来。

"别说那个孩子既没这个力气，也没这么聪明，就算她有，她也不会做出这种事的。她是个好孩子，是我们大家都喜欢的弗洛西。我从来没听过这么可笑的事。"

金斯顿依旧固执已见。如果有什么要紧的事的话,他那种急不可待的"求知欲"真会让人暴跳如雷。在他的一再坚持下,我只好跟他上了楼。穿过弯弯曲曲的走廊,走过一个又一个楼梯,我们终于来到了房子尽头——与储藏室遥遥相望的一间小阁楼上。

见到弗洛西的第一眼我就知道他们说的是对的。她安静地躺在床上,面色蜡黄憔悴,身体瘦弱不堪。金斯顿接连问了她几个问题——当时她有没有听到什么动静?有没有出过房间?事情发生前一晚有没有发生过什么不同寻常的事?她苍白的嘴唇里接连艰难地吐出几个无力的字——没有,先生。

我们又去看了一眼储藏室。这里还是和之前一模一样。金斯顿不停地四处打量着,一副若有所思的样子。显然他已经完全沉浸在对自己新角色的幻想之中了。

"坎皮恩,瞧,这儿有一个刮痕,"他指着一处我早就注意到的痕迹说,"看起来像是新的,这对你破案有没有帮助?我们要不要收集上面的指纹?"

我无可奈何地看了一眼那堵粗灰泥墙面,然后拉着他一起离开了房间。

他提出要开车送我去警局,我以利奥会过来接我为借口婉言谢绝了。正说着,我瞥见波佩站在不远处,脸色煞白。

我们终于摆脱了金斯顿。我和波佩一起站在屋檐下看着他的车渐行渐远。波佩叹了口气说:

"他们的生活实在是太枯燥了,可怜的人儿。他其实是个好人,他也不想幸灾乐祸,只是这件事可以给他和他的病人增加一点儿谈资。如果每天和别人见面却没什么好聊的,那一定很可怕,你觉得呢?"

"嗯。"我半信半疑地回答道,"我想应该是的。不过您刚刚想告诉我什么?"

她没有说话,脸唰地一下红了,看起来像一个内心愧疚不安想要忏悔的孩子。

"昨天我和利奥说了几句话,"她说,"我明白他很生气。我对他撒了谎,之后也没向他解释。你其实已经看出来了,对不对?"

她停下来看了看我。

"没错。"我说。

"其实这件事并没有什么,"她一边玩弄着手上的戒指,一边继续说,"艾伯特,这里的人都是势利小人。"

我一脸茫然,不明白她的意思。

"好吧,我说的是海霍,"她愤愤地说,"一个极其可恶的无赖。"

"等一下,"我说,"我必须要弄清楚,海霍是您的朋友吗?"

"噢,不是,不是朋友。"她急忙否认,"但他上个星期来找过我帮忙。"

我好像明白了什么。

"找你借钱吗?"

"噢,不是。"她惊讶地说道,"他非常缺钱,可怜的人儿。他告诉了我整件事,我出于同情给了他一两个英镑,但这并不能说是借钱。孩子,事情是这样的——哈里斯那个无赖在这里住下大概两天后,海霍来找我。当时我刚刚开始察觉到哈里斯的真面目,这个可怜的老伙计过来告诉了我事情的真相。他说哈里斯是他的侄子。这个侄子耍了一些手段——我忘了是什么手段——把他的钱全都骗光了。他想要私底下见见他把钱要回来,让我帮帮他,于是我就把他带到了哈里斯的房间——"

"你什么?"我大吃一惊。

"我只是给他指了房间的位置,让他自己上楼去了。这是几天前的事了,他们吵得很厉害,可怜的海霍碰了一鼻子灰之后气势汹汹地走了,从那以后就再也没有在附近出现过——直到昨晚,利奥碰巧看见了他。我不想和利奥白费口舌,因为海霍昨天早上根本就没有在附近出现过,根本没有必要把他牵涉进来。我对利奥态度不是很好,他非常生气。艾伯特,帮我跟他解释清楚吧。来,再喝一杯。"

我答应会尽力帮她和利奥消除误会,但没有贪杯。

"你怎么知道海霍昨天早上不在的？"

她看着我，似乎觉得我不该问出这种愚蠢的问题。

"我当然清楚我房子里的情况。我知道大家觉得我老糊涂了，但我还没有老年痴呆。再说，事情发生后，每个人都被盘问了，没有人看见海霍出现过。"

"那他昨天为什么会来这儿？"

"你说晚上吗？"她又变得有些迟疑，"嗯……这很难说清楚。他告诉我他很同情我现在的处境。他说他明白那种落难时被一群势利小人包围的感受。他以一个旁观者的身份来安慰我。"

沉思了片刻，她又以一种真切的口吻补充道：

"如果你问我的话，我认为他只是过来喝杯酒。"

"你借钱给他了吗？"我试探地问道。

"只借了半克朗，"她答道，"别告诉利奥，他会觉得我很傻。"

我突然想到了威克。我让波佩带我到花园里看了看那条通往牧师宅的小径。只见一条银线似的羊肠小路掩映在枝繁叶茂的果树丛中，不仔细看根本辨认不出。回去的路上，我对她说：

"波佩，我知道警察已经就昨天早上的事——盘问了你的雇工，我也不想再打扰他们。但你想想，如果有人在案发前一会儿曾在楼上走动，光凭这漫无边际的盘问就能问出来吗？你也看到了，威克可以轻而易举地返回这儿。""他可是牧师!你不会认为……啊,艾伯特,你不能这么想!"

"当然不会,"我急忙解释道,"我只是想知道他是否到楼上去过。这很有趣,仅此而已。"

"我会查清楚的。"她坚定地说道。

我向她道了谢,并告诉她如果再有人诽谤造谣,她完全可以用法律来解决。

突然,她眼前一亮。"天哪,那是利奥的车吗?"

我们连忙过去。波佩一边小跑一边整理着她那浓密的灰色卷发。然而,停在门口的拉贡达里坐着的却是勒格而不是利奥。

"请上车,"他说,"长官大人要你去一趟警局,他有东西要给你看。"

"他们找到尸体了吗?"

他失望地说:"看来你的预见力又起作用了啊。"说完,还不忘探出头向我身后的波佩打招呼:"早上好,女士!"我想,这家伙定是因为过去喝过她的酒才这么有礼貌。

"非常抱歉,"我对波佩说,"我必须得走了。利奥在等着我,一定是有什么要紧的事。等事情结束之后我再和他一块儿过来。"

她拍了拍我的肩说:"他是我最亲近的人之一。别忘了告诉他我很抱歉,是我的错——但见了我之后可不用再提这件事了。"

我上了车,坐在了勒格旁边。汽车刚启动,我立刻问道:"在哪儿发现的?"

"在河里。别激动。几个渔民发现并把他捞了上来。如果我们有你这么聪明的脑袋,也许还会再发现些什么。"

我并没在听他说话。此刻我的脑海里全是惠比特。他和那几封匿名信、和埃菲·罗兰森,现在又和这离奇的猜测扯在了一起——如果仅是猜测的话。我无法想象他到底和这个案子有何联系。他扰乱了我所有的思绪。我觉得必须要和他谈一谈。

勒格愠怒地说:"这地方真古怪。他们先是把他的头砸破,然后又把他扔到河里……这些人永远都无法满足。"

我坐直了身体。这也是一直困扰我的一点。尸体为什么被丢到河里?这样迟早会被发现。

赶到太平间后我终于明白了一切。房间里除了利奥和普西外,还有两个激动的渔夫。我把利奥拉到一旁,没等我开口,他就说道:

"这简直令人发指!坎皮恩,在我自己的村子里居然会发生这种毫无意义的恶作剧,太气人了!"

"您真的这么认为吗?"我暗示道。

他不可思议地看着我。作为一个警察,利奥对他的村民的品行深信不疑。

"我们需要一个年长的人,"我说,"一个技术过硬、同时也是你信得过的可以保守秘密的人。"

他想了一会儿,终于说道:"拉什贝里有个叫菲灵顿的老教授,前不久他为我们做过同样的事。但你知道这个案子中死者的死因显而易见,我们有理由进行尸检吗?"

"在暴力致死的案件中,任何尸检都是正当合理的。"我说。

他点了点头。"昨天你看到尸体时,是不是注意到了什么才会有这个想法?"

"不是,"我如实说,"当时并没有,但今天的情况完全不一样。水有特殊的性质,不是吗?"

他把头侧向一边看着我:"什么意思?"

"水可以洗去一切。"说完,我便离开去找惠比特。

十二

快走到车旁时,我突然想起了一件事,于是急忙返回去找普西。

"您不用担心,先生,我已经派人去盯着他了。"对于我的询问,他信心满满。

我的心里仍然忐忑不安。"海霍这个人十分狡猾。你们千万不要让他有所察觉。"

普西表面上虽没有生气，但他似乎觉得我有一点小题大做了。

"我派伯金跟着他，他顶多认为自己是被侦探跟踪了，您尽管可以放心。"

我终于松了一口气。就在我正要离开时，利奥拉住了我，他仍然对尸检一事心存疑虑。我不得不重新返回，又检查了一番恶猪那惨不忍睹的尸体，直到发现了一两个可疑的迹象，利奥才打消了疑虑。

忙完这一切已经是中午，因此我两点才到达羽毛旅馆。旅馆的女老板是一个典型的东英格兰人，身形瘦削且寡言少语。她对我的态度十分冷淡。我解释了好一会儿她才明白我是来找惠比特的。

"噢，"她终于说道，"你说那位声音温柔且长得一表人才的绅士吗？他不在这儿。"

"但他昨晚还住在这里。"我坚持道。

"没错，没错，他昨晚的确住在这儿，但他现在并不在这里。"

"他会回来吗？"

"无可奉告。"

一定是惠比特让她守口如瓶，这完全不像是他的作风。我越来越觉得他身上有猫腻。

旅店里也不见罗兰森小姐的踪影，她一定也已经出门了。但究竟他们是一同出去还是分开行动，我也不得而知。

最终我只得闷闷不乐地回到了海华特斯宅邸。午餐时间已过,只有老佩珀一人在餐厅里招待我。他依然穿戴整齐、一丝不苟,但脸上却写满了失望与难过。

由于接二连三的事情,我在他心中的形象已经大打折扣。用餐完毕,他转过身来对我说:

"先生,珍妮特小姐现在正在玫瑰花园里。"他的言下之意是,不管是否有案件要办,作为客人我都应该首先尊重这个房子的女主人。

我虚心接受了他的批评,起身向花园走去以弥补我的失礼。时值盛夏,万物都散发着勃勃的生机。天气炎热却不会让人觉得难受。园子里花团锦簇,空气里的花香沁人心脾。

沿着薰衣草丛间的小路向前走着,我隐约听到了一阵谈话声,其中一个人的声音我非常熟悉。不远处的玫瑰花丛间的草坪上并排摆放着两张帆布躺椅,有两个人正背对着我坐在上面。珍妮特的笑声清晰地传入我的耳朵。

随着我的脚步声越来越近,另一个人站了起来。当我透过椅背看到他的头和肩膀的那一刹那,心里五味杂陈,一方面心中的一块石头落了地,另一方面又有一种难以名状的愤怒感。这个人就是惠比特。他穿着一件白色法兰绒衬衫,看起来悠闲惬意。他的开场白令我十分反感。

"坎皮恩！终于找到你了，"他说，"太好了，老兄，我可一直在到处找你，快把整个地儿都翻遍了。"

说完，他懒洋洋地伸了个懒腰。

"我一直在忙，"我冷冷地回应了他，然后说，"下午好，珍妮特。"

珍妮特抬起头笑着对我说："你的这位朋友还不错。请坐。"不知为何，她说"请"字时刻意提高了声音。

"没错，请。"惠比特附和着，又指着草坪角落里摆放着的一把未打开的折叠帆布椅说，"那边还有一把椅子。"

我把椅子取了过来，费力地打开并坐在了他们对面。惠比特饶有兴趣地看着我把椅子打开，说："这东西可真复杂。"

我以为他会继续说下去，可他似乎很享受这种沐浴在阳光下的感觉。珍妮特穿着白色的荷叶边连衣裙坐在他旁边，看起来温婉动人。

我开门见山地说道："尸体找到了。你知道——在河里被发现的。"

他点了点头说："我刚听说了。现在整个村子都被这件事情搅得人心惶惶。你注意到了吗？这种不安的气氛已经弥漫了整个村子。"

他的样子十分令人恼火。我心里又产生了想要揍他一拳的冲动，就像我们长大后第一次见面时的那种感觉。

"你还有很多要替自己辩解的。"我说着，希望珍妮特可以让我们两个单独谈谈。出乎意料的是，他的回答十分巧妙。

"我知道，这也是我来找你的原因。对了，罗兰森小姐最近很焦虑，她刚刚去牧师宅了。我不知道该说些什么。"

"牧师宅？为什么？"我问道。珍妮特饶有兴趣地坐直了身体。

"寻求帮助。"惠比特模棱两可地说，"每当出现问题时村民都会去牧师那寻求帮助，不是吗？ 噢——这倒提醒了我。你看看这个。今天早上刚收到的时候，我就在想你要是看到了肯定会十分感兴趣的。你收到了吗？"

他一边说着，一边从皮夹里拿出一张折叠的打印纸递给了我。

"和前几封信的邮戳一样。说来奇怪，根本没人知道我住在羽毛旅馆，除了你——我的意思是你根本没这个时间，就算你有时间——"

他没有再说下去。这是第三封匿名信。这封信非常简短，使用的是同样的打字机，内容还是那么一丝不苟。

虽然坏人已经找到，但他仍在逍遥法外。

他耐心地等待着，心中充满了热切的希望。

他双手合十祈祷着。

坚定的信念可以撼动山河。

短短的几行字。

"你明白这是什么意思吗？"我问道。

"不明白。"惠比特回答道。

我把信又读了一遍。

"'他'指的是谁？"

惠比特茫然地看着我说："这谁也说不清楚。我猜可能指的是鼹鼠。"

珍妮特哈哈大笑了起来："我想你们都知道自己在说些什么吧？"

惠比特站了起来。"既然我已经见到了坎皮恩，把一切说清楚了，我现在得走了。普斯芬特小姐，谢谢你招待我这位不速之客。"

我没有挽留他，但是坚持要送他到门口。

"听着，惠比特，"我说，"现在已经没有其他人了，你必须得解释清楚，这起案子中你到底做了些什么？你为什么会出现在这里？"

他看上去十分局促不安。"是那个女孩，是埃菲。你知道，她的性格很强势。我在恶猪的葬礼上碰到她，她一直缠着我。昨天她要我开车送她过来，我只好答应了。"

这话从任何人的口中说出来我都不信，除了惠比特。这一次我倒是十分相信他。

"好吧，那些信又如何解释？"我追问道。

他耸了耸肩说："任何人收到匿名信，要么把它撕掉，要么留着当纪念品，但绝不会把它当回事。可是，一旦匿名信接二连三地出现时，收到的人就会忍不住自言自语道：'写这些信的人到底是谁？'虽然这些信令我心烦意乱，但我非常喜欢那只鼹鼠。好了，我得回羽毛旅馆去了，坎皮恩。我向你保证我会一直待在那边。有时间的话再去找我，我们一起研究研究。再见。"

我放他走了。从刚才的谈话来看，他似乎并没有精力参与到这个如此错综复杂的案子中。

走回玫瑰花园的路上，我第一次仔细想了想那只鼹鼠的事。关于那几封匿名信，惠比特说得没错。海霍和威克都是受过教育的人，可为什么他们其中的一个要把信同时给我和惠比特两个人呢？这真是一个难解之谜。

珍妮特怏怏不乐地向我走了过来。

"我并不想介入这件事，"她用平静的语气掩饰着自己心中的怒火，"但我认为你不应该允许她去打扰可怜的威克。"

"谁？"我猝不及防地问道。

她忍不住发作了："你真是令人恼火。你明明知道我指的是谁——那个卑鄙、愚蠢的女孩埃菲·罗兰森。你把她带到村里来本来就已经可恶至极，现在你又纵容她去骚扰无辜的人。我不喜欢这样和你说话，艾伯特，但你真是太令我恶心了。"

我没有打算为罗兰森辩解，但我讨厌威克一直被当作无辜的羔羊看待。

"亲爱的珍妮特,你应该听说了威克昨晚成了落汤鸡的事。他告诉利奥他回去的路上掉进了水沟里。荒唐的是,他花了将近两个小时才从水沟里爬出来走到马路上。现在哈里斯的尸体在——呃——某个地方找到了,恐怕他必须得好好解释一下。"

说这话时我并未看着她。她突然尖叫了一声,我转过头来,只见她双颊通红,瞪大的眼睛里充满了惊恐。

"啊!"她不停地喊着,"啊!啊!太可怕了!"

我还没来得及拦住她,她就已经跑走了。我追着她跑回了屋子,但她把自己锁在了房间里。我百思不得其解。

我只好走进了书房。房间空旷开阔,充满古典韵味,但普斯芬特家的人却很少使用它。伴着芬芳的书香,我坐在一张硕大的皮质扶手椅上思考着发生的一切。也许是昨天睡得太晚,我不小心睡着了。醒来后发现珍妮特正站在我的面前,脸色苍白但神情坚毅。

"天色不早了,"她气喘吁吁地说,"我还以为你已经走了。听我说,艾伯特,有件事我必须得告诉你。我不能让威克受到污蔑,我知道他宁愿死也不会告诉你。如果你敢笑话他的话,我永远不会再和你说话。"

我站了起来,赶走了睡意。她眼神坚定,在白色长裙的映衬下更加令人心动。

"我绝对不会取笑他的,"我真诚地说道,"到底是怎么回事?"

她深吸了一口气说:"威克并没有掉进水沟里,他是掉进荷花池里了。"

"真的吗?你怎么知道?"

"是我把他推下去的,"她小声说着,然后又解释道,"昨晚,你送罗兰森小姐回家后,我没有立即睡觉。我走到房间外面的阳台上。你知道,昨晚月色很亮,我看到有个身影在玫瑰园里徘徊。我原以为是父亲在担忧那桩案子,就打算下楼去和他谈谈。到那之后才发现是威克,我们就一起在花园里散步。当我们走到荷花池旁时,他——"珍妮特欲言又止。

"鲁莽地拥抱你吗?"我帮她说了出来。

她感激地点了点头。"我把他推开了,不幸的是他脚下一滑掉进了水池里。看到他平安上来以后,我回到了房间里。这似乎是最好的办法。我没有必要把这件事告诉其他人,对吧?"

"不用,没有必要。"

她笑着对我说:"艾伯特,你说得没错。"

这时,仆人过来传话说有人打电话找我。我便离开了。电话那头的是波佩。她还没有习惯用电话,我只得把电话举得移开耳朵好几英尺才听清她在说些什么。

"我打听过了,"她大声说,"我认为牧师并没有回来过,总之,没有人看见过他。你猜猜昨天早上有人看见谁在阁楼上走来走去?天哪!我怎么没想到他呢!你说什么?我还没告诉你是谁吗?当然是哈里斯的叔叔海霍。他在阁楼上随意走动,把这当自己家一样。看见他的女佣自然而然地认为他得到了我的允许。这种情况下谁分得清呢,你说对吧?"

十三

放下电话时珍妮特出现在我旁边。"什么事?"她焦急地问,"电话里是波佩的声音,对吗?艾伯特,我好担心!一定是又发生了什么可怕的事。"

"别担心,"我安慰她说,"没什么好害怕的,至少我认为是这样。"

她一动不动地看着我。

"你知道威克是无辜的,对吗?"

"当然,"我向她保证,"不过我现在得走了,有件要事必须得马上处理。"

勒格把车开了过来,我们一起去了警察局。利奥仍然在和普西商量着什么。看到他憔悴不堪的样子,我十分难过。这个案子快把他的身体拖垮了。他脸上的皱纹越来越深,明亮的眼睛比以往黯淡了许多,里面写满了焦虑。我把情况告诉了他。

"逮捕海霍？"他说，"你说真的？可你知道，我们现在还不能这样做。我们可以把他抓过来审问——就像一开始计划的那样——但我们不能拘留他。我们还没有任何确凿的证据。"

我不想令他不悦，但当时的我心急如焚。

"您必须逮捕他，警长，"我说道，"不管用什么理由都要把他先关起来。"

利奥对我的话大吃一惊。"虚构罪名？简直荒谬！"

时间紧迫，而我又没有证据，只得让步。

"至少把他关在这儿二十四小时。"我恳求道。

利奥皱着眉对我说："你在想些什么，我的孩子？听起来真让人担心。发生什么事了吗？"

"我不知道，"我故作镇静地说，"我们还是赶快去把他抓回来吧。"

利奥还在考虑逮捕的问题，普西和我一道开着拉贡达去了撒切尔太太的小屋。一到那儿，只见伯金正斜靠在小屋对面路边的栅栏上。他很年轻，穿着破旧的卡其色衣服。他像舞台剧演员的耳语般向我们报告道："他一整天都在屋子里。灯亮的那个就是他的房间。你可以看到他在里面。"

顺着他指的方向望去，我看到褪色的印花棉布窗帘上有一个模糊的影子，心一下子沉了下去。这小子今后好长一段时间里注定是只能负责养狗证之类的事了。那个影子一看就是故意挂在椅子背后的外套和枕头伪装成的人形。

我们立刻爬上阁楼，走进了那间闷热而狭小的卧室。普西愣愣地看着这一切，强忍住想要骂人的冲动。

而傻小子伯金却乐在其中，他惊叹于这个高明的把戏，心里想着怎么和村里的小伙子们描述这件事。

可怜的撒切尔太太辛苦忙碌了一辈子还是稀里糊涂。她告诉约翰尼·伯金她的这位房客在房间里，并对此深信不疑。得知房间里空无一人时，她大吃一惊，说海霍一定是只穿着袜子就悄悄下了楼——这是我们唯一的线索。

我不寒而栗。"我们必须得找到他。现在情况十分紧急，你明白吗？"

普西迅速缓过神来。

"他不可能走远。这个地方人并不多，一定会有人看见他。"

伯金说窗帘是黄昏时分刚刚拉下的，并且从那以后人影就没有动过。这样说来，海霍刚刚离开了一小时左右。我悬着的心略微放松了一点。

普西以迅雷不及掩耳之势动员他的部下展开搜寻。在他们的搜查行动如火如荼地展开时，我和利奥一起去了天鹅饭店吃饭。离开凯普赛克的交通工具寥寥可数，而海霍又没有汽车，这样看来，我们应该一两个小时之内就能得知他的动向。

我坐立不安又手足无措。我对这里完全不熟悉，在搜查这方面我的作用几乎为零。

饭后，我们一同去羽毛旅馆找惠比特。令我们没有想到的是，他正和埃菲·罗兰森以及威克一起吃饭。利奥十分不解，我对这个奇怪的组合也感到很诧异。

经过仔细询问，他们对海霍的事一无所知，但他们三个看起来实在是太像在密谋什么事了。要不是因为担心海霍的事，我肯定会留下来和他们谈谈。

十一点左右，利奥、我和普西在警局闷热的值班室里开了一场会。普西把搜查情况告诉了我们。

"他既没有坐公交车也没有乘出租车。如果他是步行离开的，那他的速度比任何一种动物都要快得多。"他停下来看着我们说，"居然没有一个人看见他，太奇怪了。而且村子里今天也没有出现过任何外来车辆。我们现在一点儿线索也没有。今天晚上风平浪静，大家都坐在门口看着。真是想不通，除非他从田野里穿出去。"

我的脑海里立刻浮现出月黑风高下婆娑的树影、蔓延荒芜的草地和杂草丛生的沟渠，不禁毛骨悚然。

利奥却如释重负。"看来真相已经水落石出了。不可思议！第一眼看到这个家伙我就不喜欢他。昨天早上他肯定一直躲在波佩的房子里鬼鬼祟祟。"

我不知道该同意还是反驳，没有作声。普西立刻明白了他上司的意思。

"我们肯定会抓到他的。"他说，"既然已经知道凶手是谁，我们肯定不会放过他的。整个村子都警惕着他，今晚我们所有警员都不会休息。警长，您放心回去睡觉吧，这件事请交给我们来办。"

似乎也没有别的办法了，但我迟迟不愿意离去。

"你们搜过那座山了吗？"我问。

"一寸土地都没有放过，先生。山上除了一架望远镜外什么也没有。再说，他要是去了那儿的话不可能没人看见。通往山上的街道上全都是我们的人。他不可能在山上——除非他是一只鼹鼠。"

我愣了一下。也许是我的表情出卖了我，他向从小生活在城市的我解释道："鼹鼠在地底下爬行。"

我感到一阵恶心。

在我们离开之前，他突然提起了一件我差点儿忘记的事。

"那位年轻的小姐，"他说，"她是否可以来确认……"

"明天早上，"我急忙回答道，"明早会有很多事情要忙。"

"啊哈,您说得没错,先生。"他同意道,"如果我们抓到他的话,肯定会有很多事情要忙。"

"如果你们没有抓到的话,要忙的会更多。"说完,我便和利奥一同离开了。

我已经二十四个小时没有合眼了。正在我要上床睡觉之际,佩珀拿着电话进来了。他一边把电话线插进我床旁边的电源里一边说:"金斯顿医生找您。"然后又带着半怜悯半责备的语气说,"先生,这个点了……"

金斯顿不但没有半点困意,反倒更有精神了。

"希望我没有打扰到你。"他说,"我一整个晚上都在给你打电话。我晚饭后去村里出诊,发现整个村子都不平静。听说你们派人四处搜查。我猜我也帮不上什么忙吧?"

"恐怕没有。"我尽力保持礼貌。

"噢,我明白了。"他的声音听起来透露着失望,"我必须得为我多管闲事道歉,但你知道我就是这样。我天生对这种事非常好奇。如果有什么事情发生或有什么我能够帮得上忙的话,你会告诉我的吧?"

"我会的。"说完,他仍然没有挂掉电话的意图。

"你的声音听起来很疲惫的样子,可不要把身体累坏了。哦,对了,羽毛旅馆里最近来了几个奇怪的陌生人。村民们还不知道这起案件背后的复杂性。其中有个家伙的名字叫灰狗，你要不要调查一下？"

看来他真是无聊透顶了，我不由得在心里暗暗诅咒他。

"他们是我安排的间谍。"我冷冷地说。

"什么？我没有明白你的意思……"

"间谍。"我又重复了一遍，"我在每个地方都安排了间谍。晚安。"

六点的时候，勒格粗暴的声音把我吵醒了。

"您可真勤奋啊。"他讽刺地说，"虽然警察正到处找海霍，要把他抓捕归案，但我想他是不会爽约的。哦，天哪，我没想到——"

"不管怎样我都会去的，"我说，"他这个人谁也说不清楚。"

他穿着怪里怪气的睡衣，闷闷不乐地看着我说：

"如果你愿意的话，我可以跟你一起去。我最喜欢走在布满露珠的田间草地上，那会使我的脚感到凉飕飕的。"

我把他赶回去睡觉，换好衣服然后就出门了。今天的天空一碧如洗，看来又是一个大热天。

穿过蜿蜒的田间小路，我走到了街道上，恰巧碰见了老实巴交的伯金。

"既然太阳都出来了，我们肯定会把他带回来的。"他说。

即使清晨的阳光很温暖，我还是不由自主地颤抖了一下。

"希望如此。"说完，我便继续往前走。小路上空无一人。尽管今天的天气很适合散步，但我还是感到很疲惫。

通往山顶的路比我想象的还要长许多。爬上山顶后，我如释重负。山上光秃秃的一片，一对在草地上栖息的百灵鸟被我的脚步声吓跑了。那个老式的铜制望远镜仍架在三脚架上，镜片上沾满了露珠。我掏出手帕仔细擦了擦。

站在山顶上，我惊奇地发现这里可以俯瞰整个乡村的面貌。红色的奈茨庄园在周遭那片灰色盐碱滩的映衬下，显得高贵而华丽。河水在阳光的照耀下波光粼粼。一片片田野和草地犹如一张张方形手帕般整齐地排列着。田里的庄稼长得又高又绿，草场则被烈日烤得有些焦黄。真是一幅秀丽可爱的乡村美景。

放眼望去，一个个小农场点缀其间，一条条小路蜿蜒曲折，如同白丝带一般缠绕在乡间。

我站在那儿尽情欣赏着这幅宁静、迷人的美景。一切都是那么和谐，那么美好。

突然，一幅不寻常的景象映入了我的眼帘。大约半英里外一片绿油油的田间，树立着一个破旧的稻草人。农民们常用它来吓唬那些脑袋不怎么灵光的秃鼻乌鸦。

但这个稻草人却有些与众不同。它一点也不吓人，相反，乌鸦们全都聚集在它身上。我透过望远镜仔细看了看，身体瞬间僵住了。我感到一阵恶心、头晕。我最担心的事情还是发生了——那是海霍。

十四

他的脖子受了伤,锁骨上方的颈静脉上有一道深深的伤口,样子惨不忍睹。

利奥、我和普西目瞪口呆地看着这具被人用一根旧的尖木桩吊起来的尸体,周围绿油油的庄稼仿佛都在窃窃私语。

进行完常规检查后,警察用一辆双轮手推车把海霍的尸体运到了警局后面的停尸间里。

利奥大惊失色。普西在我发现后的第一时间便赶到了现场。一向喜气洋洋的他此刻也满面愁容。

我和利奥站在停尸间里两具覆盖着白布的尸体中间。这似乎预示着凯普赛克的平静就此被打破。利奥转过身来,用责备的目光看着我说:"这就是你一直担心的事吗?"

我无助地看着他说:"我没有想到会发生这种事。你知道,他说过手上有线索。"

他抓了抓稀疏的灰发,终于怒不可遏道:

"到底是谁?到底是谁干的,坎皮恩?你看到了吗,我的孩子?一件可怕的事正在发生。陌生人接连不断被谋杀,接下来就会轮到我们自己人。上帝啊，我们现在到底该怎么办？"

"这并不复杂，"我说，"玉米地四周都是路，所以凶手不需要花费太多力气把尸体搬运过去。当然，海霍也有可能是被当场杀死的，现场周围有大量血迹。"

利奥避开了我的目光。"我知道，"他喃喃说道，"但这个家伙和凶手究竟在麦田里做些什么？"

"一个非常私人的会面，"我说，"我想我们应该找人鉴定一下他的伤口。"

"当然，我的孩子，当然了。菲灵顿教授今天早上会过来检查——呃——另一具尸体。坎皮恩，我很抱歉昨天没能让人来，可菲灵顿教授昨天没有空，不到万不得已我也不想让内政部卷进这件事。没想到这一夜之间发生了这么多事。说实话，我也不知道接下来该怎么办。"

我本来还要说些什么，普西的出现打断了我的话，他把金斯顿带了过来。金斯顿兴奋难耐，又为自己激动的情绪感到有些抱歉。

"我无法判断凶器是什么，"他说，"一个窄小、尖锐的物体，也许是一把匕首，那些古老武器中的一种。"

我看了一眼利奥。我从他的表情中知道，他正在想着那些陈列在奈茨庄园台球室墙上的一件件可怕的武器。不管怎样，我都不相信波佩会拿着匕首半夜出现在麦田里。这个想法对我来说简直荒谬至极。

普西似乎也对金斯顿的判断并不满意。他费了好大力气终于把金斯顿打发走了。

"看来我们还是得找那位老教授来帮忙,"他对我小声说道,"他经验丰富,见多识广。我估计再过半个小时他就到了。不知道他会怎么看我们——突然又多出了一具尸体。"

利奥转身离开了。他双手插在裤兜里,头埋在胸前。我们跟着他回到了局里。普西派人搜查尸体发现的地点,并调查海霍的过去,为写案情报告做准备。

这些常规步骤似乎让利奥的心情稍许平复了一些。

"也许在菲灵顿来之前我们不应该移动尸体的,"他说,"但如果就这样把那个家伙留在那根尖木桩上晒太阳也并不合适。这几起案件都太残忍了,坎皮恩。说实话,我想象不出是谁做了这些事情——总之,我无法想象我自己的朋友会做出这种事。"

"这里仍然有很多陌生人,"普西试图安慰他说,"或许马上会出现衣服上有血迹的人。我们会找到凶手的,警长,您不用担心。"

利奥走到了窗边,默默地看着窗外。

"啊!"他突然说,"那是谁?"

我向远处望去。只见一辆外观华丽、由专职司机开着的戴姆勒车停在了警局门外。一个又高又瘦、面色灰白的人下了车,迟疑地走到了门口。原来他是那间历史悠久的著名律师事务所的新合伙人罗伯特·惠灵顿·斯金尼。金斯顿曾经把他的名字告诉过我。

他性格刻板、严肃，幸运的是，他和利奥一见如故，否则接下来的谈话定是要浪费很多时间又让人摸不着头脑。我相信，这一定是他有史以来切入话题最快的一次。

"考虑到实际情况，我想我还是亲自跑一趟为好。"他说，"我们的客户会发生这种事实在是罕见。我昨天收到了你们的来信，晚上读完后我立刻把这两个名字联系到了一起——彼得斯和哈里斯。在这种情况下，我想我还是当面跟你们解释比较好。"

普西和我对视了一眼。案情终于快有些眉目了。

"那么这两个人互相认识吗？"我问道。

他用怀疑的目光看了我一眼，似乎对我不太信任。

"他们是兄弟，"他说，"哈里斯先生曾因为个人原因改了名字。我们主要的客户是他的哥哥——罗兰·伊西多尔·彼得斯先生，他于今年一月份去世了。"

过了一会儿，利奥带着他去辨认尸体。回来时，他面如土色，显然是受到了惊吓。

"我简直无法相信。"他说，"我十二年前曾见过彼得斯，今年春天在伦敦见过哈里斯。我只分别见过他们两个一次。这个——啊——这个死去的人和他们两个长得都极其相似。我可以喝杯水吗?"

普西让他说得更具体一点,并要带他去再看一眼尸体,他拒绝了。

"真的没有必要。"他说,"我想你们可以判断得出那个人就是哈里斯。毕竟你们没有理由否认。他的名字就是哈里斯,不是吗?"我们让他冷静下来。当他情绪稍微稳定后,我小心翼翼地向他询问有关死者的房产问题。

"不翻阅资料的话我真的想不起来。"他说,"我知道哈里斯先生在他哥哥死后得到了一大笔遗产。今晚我就能告诉你们具体数目。这里面有一笔私人财产,当然,我记得还有一笔保险。"

普西如释重负。"总之,我们已经弄清了他的身份,没有什么可怀疑的了。"

利奥和我把斯金尼送上了车。他虽然被这件事吓得不轻,但临走前还是承诺会告诉我们关于那两处房产的细节。

"那是一方面,"他刚坐上车,我就问道,"彼得斯投保的是什么公司,你知道吗?"

他摇了摇头:"恐怕我现在无法告诉你。我想可能是互惠人寿保险,我会回去查清楚的。"

车渐行渐远。我向利奥提议,派一个警察和勒格一起去把埃菲·罗兰森带回来。然而出乎意料的是,他们不仅把罗兰森带回来了,威克也跟着一起过来了。他们在门口争执了好一会儿还没有进来,我便出去看看。一见到我,这位牧师又恢复了对我一贯的敌意,昨晚友好的态度已荡然无存。

"我只是按照吩咐行事,先生,"警察向我抱怨道,"另外,这位年轻的小姐说她前天刚来过。"

威克没有理会他,转过身来对我说:

"这太不公平了。你们让一个年轻的女孩经历如此骇人的场景,就只是因为你们警察办事不周,我必须抗议!"

埃菲对他笑了笑说:"谢谢你的好意,但我已经下定决心了,真的。你在这儿等我吧。"

他并未就此罢休。他情绪如此激动,让我不得不怀疑,究竟是什么原因能让他这样小题大做。

最终我们让他一个人待在车里,我再一次把埃菲带到了停尸间。我从来没有对埃菲心动过,但在那一瞬间,我很欣赏她的勇气。她并不是个冷漠无情的人,然而在那种情况下,她仍然能够保持镇定、从容不迫。

"没错,"当我再一次揭开棉布时,她用沙哑的声音说道,"没错,这是瑞奇。虽然我没有爱过他,但他走了我还是很难过,我——"

她的声音渐渐颤抖了起来。她忍不住掩面哭泣,但很快便控制住了情绪。我把她带到普西面前,普西看着她湿润的眼眶,不知所以。

"一年多前我认识了他,"她说,"他在骑士桥有一间公寓。他经常带我出去玩。我们订婚了,或者说几乎订婚了,然后——哦,坎皮恩先生,接下来的故事你都知道了,我告诉过你。"

我把她的话记录下来后,送她回了车里。威克早早下了车在门口等她。我想他已经从我们的表情中猜到了埃菲认出哈里斯的事实,因为他什么也没问,只是抓着埃菲的手,迫不及待地把她带回了羽毛旅馆。

勒格看着他们远去的背影说:"真是个奇怪的小子。现在,你们有什么新进展吗?"

"陷入了僵局。"我如实说道,然后便回去找普西。

我们一边等着菲灵顿教授,一边把案情梳理了一遍。普西说:

"这里面有人在冒充另一个人,听起来就像是一个老生常谈的故事——好哥哥和坏弟弟。为了方便起见,我们就叫他们彼得斯和哈里斯。彼得斯财大气粗,于是哈里斯常常冒充他。他以彼得斯的名字和罗兰森交往,让罗兰森以为他是个有钱人。至于那位可怜的律师,他完全被弄糊涂了。他们兄弟俩长得太相似了,那具尸体才让人分不清楚。您说呢,先生?"

我沉默不语。二十五年之后再辨认一个人向来不是一件保险的事,更何况金斯顿曾告诉过我他的病人长得和哈里斯极为相似。总的来说,我还是同意普西的分析,除了一点——当他认为"好哥哥"和"坏弟弟"分别是彼得斯和哈里斯时,我想他把他们两个的名字刚好弄反了。

我把我的想法告诉了他,他看着我说:"有可能,但这并不会给我们带来新的线索,不是吗?到底是谁策划了这几起谋杀案?这才是我想知道的。"

我们面面相觑,直到教授的到来打破了平静。他像一阵风似的走了进来,浑身散发着活力。他是苏格兰人,有着一头浓密的灰色短发,以及一双我所见过的最敏锐的灰蓝色眼睛。

"早上好,巡官,"他说,"我听说你们发现了好多尸体呢。"

他的欢快令人十分不安。我们沉默着把他带到了后院的小屋里。然而,在仔细检查完那具自称是哈里斯的人的尸体后,他的神情立刻变得严肃起来。他转过身来看着我说:

"我从利奥警长那里听说了你的想法,我很欣赏你。这件事确实太残忍了。"

"那么您认为——"我迫不及待地问道。

"没有对尸体进行解剖前我是不会轻易下结论的。"他说,"但如果你的推测是正确的,我一点儿也不会觉得惊讶,一点儿也不会。"

在他进行工作时,我走到了房间的另一边。等待了片刻之后,他终于直起了身体。

"把这些送到我那边去,两天之内我会告诉你结果。但我现在可以告诉你我的推测——暂时还只是推测——死者在头部受伤前不久便已死亡。"

我问了他一个问题,他点了点头说:

"没错,是毒药。可以肯定是水合氯醛。"他指了指尸体颅骨上的缺口,说,"这是盲人的特征。坎皮恩先生,你的对手十分狡猾。现在,让我们来看看另一个可怜的家伙吧。"

十五

两天过去了,案情仍没有任何进展。换句话说,我们清闲了两天——利奥需要一些时间从这接二连三的打击中恢复过来,我和普西打算去搜寻一切可能利用的线索。

村子里一片死寂。家家户户都早早锁门上床睡觉,连那些专程过来参观海霍遇害之地的人都被愤怒的村民们赶跑了。

珍妮特整天提心吊胆,波佩卧床不起,就连惠比特也比我想象的还要挂念此事。他白天一有空就来向我打听案情进展,无奈之下,我只好打发他到珍妮特那儿去,只有珍妮特才受得了他。

当然,金斯顿是所有人中最热心的一个,甚至还派上了用场。他天生爱说三道四,并对此习以为常。

终于,斯金尼律师告知了我们第一条有价值的信息。原来,特瑟林疗养院里去世的彼得斯一向很有钱,他还给自己买了份价值两万英镑的保险。按照斯金尼的说法,彼得斯这样做是为了利用这份保险促进他手头的生意。事实上,这份保险的最终受益人是他的弟弟哈里斯。

而关于哈里斯我们得到的信息少之又少。目前我们只知道他以彼得斯的名义在繁华的骑士桥区租了一间公寓,但他并不是一个有钱人。究竟谁是哈里斯,谁是彼得斯?这让我们困惑不已。案情愈发扑朔迷离。

我只好去找利奥。他坐在枪支陈列室里,目光呆滞地看着自己曾获得的一座座体育奖杯。一份份文件凌乱地摊在桌上。

"已经十天过去了,孩子,"他终于开口说话了,"尸检延期暂时给了我们喘气的机会,但这也意味着我们必须要得到一个结果。周围已经有很多闲言碎语了。不妨告诉你,孩子,大家都认为我一开始就应该找苏格兰场帮忙。事情开始看起来很简单,可现在……说实话,我不知道事情会发展成什么样。每天早上我醒来都会担心今天会不会又出什么事。凶手仍然在逍遥法外,天知道他接下来还会做些什么。"

他停下来,看了看我,又接着说:"当你还是个孩子的时候我就认识你了。我知道你心里肯定有事。如果你知道什么,只是在等一个证据的话,我希望你能直接告诉我你的猜测。这种悬而未决的感受实在是太令人不安了。你能帮我解开这个谜团吗?"

和利奥一起工作了这么久,我知道他是世界上最值得信任的人。但那一刻,我迟疑了。这件事太危险了。

"听我说,利奥。我知道第一起谋杀案是如何发生的,我也猜到了凶手是谁,但现在要取得证据几乎没有可能,如果没有证据我们什么也做不了。请再给我一两天时间。"

一开始,他几乎要大发雷霆,我本以为他会利用他的权力逼我坦白,但他最终还是克制住了自己的情绪。我说:

"您可以向内政部申请,挖掘一月份埋葬在特瑟林教堂墓地的R.彼得斯的尸体吗?"

他神情严肃地说:"我可以试试。但是,孩子,过了这么久才鉴定……"

"我不知道,毕竟有些因素会造成很大的影响。"

他皱了皱眉说:"难道是因为尸体里的锑吗?"

"未必,"我说,"大部分是和土壤有关。"

从利奥那里离开后,我又去找了金斯顿。

从电话里得知他在家后,我便和勒格一同驱车前去。金斯顿在他那间破旧的诊疗室里接待了我们。他看到我们前来,十分高兴。

"天哪!今天是什么风把你给吹来了。"他略带责备地说,"要喝点什么?"

"不用了,现在不是喝东西的时候。我不是来叙旧的,我需要你的帮助。"

他的脸顿时兴奋地红了起来。

"真的吗?真是过奖了。我还以为我在这儿妨碍了你们呢。实际上,我自己私下里也进行了一些调查。羽毛旅馆里最近来了个非常神秘的家伙。你知道他是谁吗?"

"知道得不多,"我如实说,"我很久以前就认识他——事实上,我们曾经是一个学校的——但从那以后就没怎么见过他。"

"啊……"他故弄玄虚地摇了摇头,"撒切尔太太说他前些日子经常来找海霍,你知道这件事吗?"

显然我并不知情。我谢过了他,说:"我会调查这件事的。对了,你可以带我们参观一下教堂墓地吗?"

他迫不及待地把我们带到了那个荒芜杂乱的院子里。看着这一片凌乱的景象,他略带羞愧地说:

"没有病人时,我和村里一个小伙子一起管理这里。他人很勤快,平时四处打打零工。他的父亲是这里的一个建筑工,不做教堂司事或打杂时他就和他的父亲一起工作。当然,有病人时,我就得再请一个护士和管家了。"

我和他在院子里散着步,把勒格甩在了身后。他突然转过身来朝我做了个鬼脸。

"这其实算不上是一份工作,否则我也不会做这么无聊的事情。"我们走过崭新的拉贡达车时,他的眼神里充满着渴望。我有些为他感到难过。

他的羡慕中带着几分孩子气。他不停地赞赏着这辆车的引擎、配件和光亮的车身,我们只得陪他一起盯着这辆车看了好一会儿。不过,这倒是让勒格很高兴。

整个过程,我们相谈甚欢。我甚至觉得比起惠比特而言,他更值得信任。于是,我向他询问起了有关墓地里的土壤的情况。他很乐意回答。

"没错。这里的泥土不仅干燥而且非常坚硬,我猜可能里面还含有某种防腐剂。有天早上,这里的掘墓人威顿把我拉过来,告诉了我一件非常神奇的事情。他挖开了一座埋葬了三年的坟墓,准备把死者和亲人的尸体埋在一起。不知怎么回事,坟墓的棺材盖移动过,但棺材里的女尸却仍然完好无损。你觉得是什么原因?"

"应该和欧芹有关,"我说,"这种土壤通常会种植欧芹。"

我们又谈论了一会儿和土壤有关的事。突然,他一下子明白了我的意思。

"掘尸?真的吗?我说,这也太——"

他把到了嘴边的"好玩"咽了下去，转口说，"——刺激了。"过了一会儿，他又补充道，"我从来没有见过掘尸现场。这里从来没有发生过这么惊心动魄的事情。"

"我不能保证，"我说，"事情还没有定下来。安全起见，最好不要声张。现在这个节骨眼上最害怕的就是流言蜚语。""我想是为了鉴定尸体吧？坎皮恩，你真是太走运了。你知道，这个地方这么大，他却刚刚好死在这里……"

"没错，但千万不要把这件事说出去。"

"不会的，"他承诺道，"老兄，你完全可以信任我。再说，我也没有谁可以说的。"

离开时，他一直目送着我们，直到车下了山消失不见。

勒格叹了口气说："他真是太孤独了。这种人让你忍不住想要带他去酒吧狂欢一顿。"

"是吗？"

他皱了皱眉："你真是会装腔作势。不要和我说话，我累了。"接着，他又抱怨道，"如果我是你的话，我才不会整天和尸体打交道。我会叫上像他这种寂寞的家伙去城里玩一个星期，让他见识见识。"

"我的天，我相信你会那样做的。"

他自己想要找碴儿。一路上，我们谁都没有理谁。

第二天一早，也就是海霍的尸体被发现的第三天，我带着一种半喜半忧的感觉从睡梦中醒来，我预感到即将有新事发生。要是早知道是什么事的话，我绝不会继续下去。

事情要从菲林顿教授的验尸报告开始说起。正当我和普西在警局里开会时，他急急忙忙地朝我们走了过来。

"果然是水合氯醛，"他说，"跟我推测的一样。现在很难判断死者生前服用了多少剂量，所以花盆掉下时死者已经死亡，还是仅仅因为药物作用而昏睡，我们不得而知。"

虽然我和普西都对水合氯醛的特性非常清楚——这是骗子们最喜欢用的一种药，但我们还是没有打断菲林顿教授的话。

"这种药会让人昏昏欲睡。如果你看到一个服用了水合氯醛的人，你会认为他只是在熟睡。"

普西看了看我说："他当时应该是只能一直坐在椅子上，眼睁睁地看着那个庞然大物掉到自己身上，却丝毫动弹不得、无能为力。坎皮恩，这真是太可怕了！"

教授接着又开始谈论海霍：

"他的伤口非常有意思。他死得很幸运，或者说凶手准确无误地刺在了他的锁骨上方，然后直接穿进了他的脖子，导致他当场死亡。"

他详细描述了凶器的形状，甚至把它画了出来，或者说至少把刀刃画了出来。普西完全没有见过这种刀，但这却印证了我的猜测。

我独自离开了警局去羽毛旅馆找惠比特。刚到时，他和埃菲·罗兰森都不在。过了一会儿，他终于出现了。

"这几天我一直在找房子，"他说，"有一栋路边的空别墅我很感兴趣。我喜欢空房子，你呢？每到一个地方我就会去找空房子。"

他就这样喋喋不休了好一会儿。在我觉得他快要对这个话题感到厌倦时，我出其不意地抛给他一个问题。令我失望的是，他并未表现得有多惊讶。

"海霍？哦，没错，没错，我确实和他聊过几句。他不是个善茬儿，还妄想蛊惑我。"

"他就是这种人。你和他聊了些什么？"

他抬起了头，淡蓝色的眼睛空洞无光。

"大多是博物学方面的事，动植物之类的。"

那一瞬间，谜团又有一部分被解开了。

"有些人先天失明，"我挖苦道，"有些人故作失明。鼹鼠属于前者，对吗？"

他没有说话，一动不动地看着窗外。

我回到了海华特斯宅邸。一件我从未预料过的事发生了，这件事让我永远也无法原谅自己。

勒格走了。

与他一起不见的还有他那只塞满了行李的箱子。梳妆台上的烟灰缸下压着一张崭新的一英镑纸币。

十六

起初,我不敢相信这一事实。我从来没想过会发生这种事。那一瞬间,我完全不知所措,像一个歇斯底里的女人一样不停地念叨着。佩珀见状,赶忙说:

"先生,今天有一个找您的电话。我没有多加注意,我只知道是从伦敦打过来的。勒格先生接完电话后不久,就提着箱子从楼上下来了。他从田间小路去了那个村子。"

这就是与此事有关的全部信息,这就是我所能了解到的全部。然而,这个线索对我来说并没有任何帮助,每天从伦敦打过来的电话数不胜数。邮电局里的小姑娘整天忙得不可开交,她根本不可能去听谈话内容,也从来不会这样做。

我几近崩溃。时间紧迫,那天透过黄铜望远镜看到的惨象每分每秒都不断地在我眼前变换。

我立刻派人搜寻勒格的下落。

利奥和珍妮特尽力安慰我。我必须向所有人一遍遍解释那张一英镑纸币并没有任何意义。这世上的确有许多男仆喜欢不辞而别,留下一周的薪水作为暗示,但勒格绝不是这种人。况且,我们并没有在村里找到他,连公交车站也不见他的身影。他就像海霍一样神秘地失踪了,然后以同样的方式消失在那片麦田里。

我打电话给金斯顿。听完我的叙述后,他激动地说:

"啊,坎皮恩,"电话里他的声音听起来年轻许多,"我有一个主意,不知道你记不记得,我昨天和你说过。从你的表情可以看出,当时你并没有在意,但我相信现在一定能派上用场。我马上就过去。"

果然,不到二十分钟,他便开着车火急火燎地赶来了。他的脸兴奋得发红,眼睛里燃烧着激动的火焰。如果出事的是别人而不是勒格的话,我也许会原谅他。

"肯定是那个叫惠比特的家伙干的,"他说,"我一直盯着他。我知道你的感受——毕竟他是你的校友,但你根本不了解他这个人。事情接二连三,一定有人在背后搞鬼,不是吗?"

"没错,"我不耐烦地说,"你继续说。"

看到我如此轻易地接受了他的观点,他显得有些受宠若惊。他迫不及待地说:

"在一条马路尽头,有一栋孤零零的空别墅。惠比特曾去过那里一两次。我不敢十分肯定,但你想过没有,海霍很有可能是在别处而不是麦地里被杀害的。那个地方很荒凉，要过去还有些费劲。我们一起去看看。"

我不想继续在这浪费时间，就往他的车走去。他有些难为情地说：

"恐怕我们最好还是开你的车去。你知道，我的车有些年头了，刚刚开过来时它老毛病又犯了，汽油漏了出来把点火装置给弄坏了。除非你愿意等我把火花塞擦干净……"

我没有心情等，于是把拉贡达开了出来。他叹了口气，心情愉悦地坐在副驾驶的位置上。

"沿着山路直走，在第一个路口拐弯。"

我们沿着从特瑟林通往冲梅镇的羊肠小路缓缓行驶着。汽车驶过了一个又一个路口。这时，大约半英里外的一片榆树林下出现了一间名叫"家禽与犬"的啤酒屋。金斯顿碰了碰我的肩膀说：

"你最近都没有好好睡觉，这件事又让你心力交瘁，可别把身体拖垮了，还是停下来去喝一杯吧。"

我心里暗暗咒骂着他的提议，但他一再坚持，我只好同意。

这个酒馆不但狭小破旧，而且肮脏得令人难以置信。吧台上堆满了廉价的广告牌。我们进去时，里面只有一个牙齿掉光、留着络腮胡的老头在喝酒。

金斯顿坚持要点啤酒。他说，没有什么能比啤酒更使人镇定了。

当看起来笨模笨样的店主走过来给我们倒酒时,金斯顿试着向那个老头打听勒格的事。

老头没能帮得上忙。他说自己老花眼,耳朵又不大好,而且也从不会对陌生人多加在意。

两大杯啤酒倒满之后,金斯顿给我指了指我们即将去往的别墅。透过啤酒屋的小窗户,我看见大约半英里外,别墅崭新的红屋顶在树叶丛中闪着诡秘的光。

"我们走吧。"我说。对于勒格是否会在那里,我并不抱多大希望。可是时间紧迫,我不想多作停留。

金斯顿从容地说:"好吧,我们不会再被动等待了。"

他将杯中的啤酒一饮而尽,我紧随其后。离开吧台时,我不小心绊了一脚,把老头的白蜡杯碰倒在了地上,杯里的液体溅得到处都是。我向他道了歉并重新给他买了一杯酒,又耽搁了一会儿。

回到车里,我看着手中的方向盘,愣了一会儿,说:

"金斯顿,你真的认为我们有必要来这里吗?"

"当然了。一个陌生人在一栋空房子里晃来晃去,这太奇怪了。"

我继续开车。才开了不到四分之一英里路,车突然猛地一转弯。我把车停在了路边。

"我说,你能来开这玩意儿吗?"

他惊讶地看着我,脸上充满着抑制不住的兴奋。

"怎么了?累了吗?"

"没错,"我说,"酒劲太强了。你尽力开快一点吧。"

我们交换了位置。我低着头,半闭着眼睛瘫坐在副驾驶座椅上。

"我这是怎么了?"我迷迷糊糊地说着,"一定要找到勒格。我累了——太累了。"

我隐约感到他停了车。蒙眬中,我看到一幢破旧的别墅,白色的水泥墙上布满了雨痕,一条简陋的车道连接着别墅旁的车库。

金斯顿打开了车库的门。我闭着眼睛,艰难地呼吸着。

他回到车里,把车开进了狭窄的车库里。停车之后,他突然放声大笑起来。我从未听到他这样笑过。

"到了,我们聪明一世的坎皮恩,安详地睡吧。"

我隐约看到他戴上了手套,仔细地擦着方向盘。然后,他用力把我拽了起来,将我的手放在了方向盘上,嘴里一直念念有词。

"一氧化碳中毒太简单了,这也是自杀者经常选择的方式。它简直易如反掌,不是吗?我只需把你丢在车里,把发动机打开,然后出去把车库门关上,就可以轻易制造出伦敦著名的犯罪学家坎皮恩的自杀现场了。"

一切准备妥当后,他弯下腰来,凑到我耳边说:"你不是我的对手。"

他的声音令我毛骨悚然,"因为我是个天才。"

"未必。"我立马起身猛地扑向他。

我并非是无意打翻酒馆里那位留着络腮胡朋友的酒杯的。谷糠难诱老雀。趁人望向窗外之际把水合氯醛投入酒杯实在令人不足挂齿。

我抓住他的后脖,与他扭打在了一起。令我没有料到的是,他的力气竟然如此之大。他表面上看起来弱不禁风,实则强壮有力。他像一个发了疯的魔鬼一般拼命挥舞着双手。我毫不怀疑,就是这双手把利器熟练地刺进了海霍的脖子里。

我挣扎着从车里逃了出来,他迅速挡在了我和车库门之间。逆光中,他肩膀一起一伏,然后把我扑倒在了地上。那一刻,我从他狰狞的眼神里看到了"血光"。我拼命挣扎着,就快要挣脱他爬到门口,可是他的手像一只老虎钳一样迅速抓住了我的喉咙。我被他举了起来,然后头部重重地摔到了地面上。

这感觉就像急速下降的电梯把人堕入无边的黑暗中。

我艰难地爬了起来,手臂不由自主地晃来晃去,上气不接下气。

"加油——加油。你做得很好。别激动,冷静下来。"

耳边传来的声音像梦境一般。我睁开蒙眬的双眼,仿佛看到了一个脸上涂满了墨水的小男孩正低头看着我。突然,小男孩消失了,取而代之的是一张和小男孩一样的脸,不同的是这张脸上没有墨水——

惠比特来了。他正跪在我身旁,给我做人工呼吸。

我逐渐恢复了意识。

"勒格!天哪,我们必须赶快去找勒格!"

"我明白,"惠比特善解人意地说,"他现在处境很危险。我把金斯顿放走了,然后把你救了出来。我的意思是,我不想同时顾你们两个人。"

我坐了起来,脑海里只有一个想法。

"走吧,趁现在还来得及,我们必须尽快找到他。"

他点了点头。对于他的理解,我十分感激。

"刚刚有个警察骑着自行车经过,我让他回去通知所有人马上去疗养院。这是最好的办法了。我的车就停在后面的草地上。我们现在马上去特瑟林吧!"

我记不清回特瑟林的路了。我只感觉天旋地转,脑袋像要爆炸了一般。我仿佛看到,勒格被吊在如纳尔逊纪念柱一般高的稻草人木桩上,这个景象如噩梦般一直缠绕着我。

我只记得汽车风驰电掣般赶到了金斯顿的疗养院。疗养院大门紧闭,我们两人使尽了全部力气,终于把门推开了。

楼上传来一阵动静,我们迅速上了楼。这层楼一共有六个房间,其中五个都是敞开的,只有一个房间的门虚掩着。我试着推开房门,有人在门后拼命阻挡着。他的喘息声和咆哮声清晰可辨。

突然,门"哗"的一声弹开了。我本来要立刻冲进去,可惠比特拦住了我。

床上躺着那个我再熟悉不过的身影。他的面色尚且正常。然而仔细一看,我顿觉不寒而栗。

勒格秃顶周围灰黑色的头发像是被散沫花染过一般鲜红。我立刻恍然大悟:当个人独有的特征被去除后,两具肥胖的尸体根本看不出差别。金斯顿要为那"刺激的"掘尸准备一具尸体!

我迅速俯身,躲过了他的拳头,然后顺势抓住了他的脚踝,和他开始了另一番搏斗。正当我们打得不可开交时,又一辆车停在了屋外,楼梯上传来了利奥的声音。

十七

三个警察合力才把金斯顿塞进了警车。审判时,法庭上出现了前所未有的一幕。他的辩护律师以精神病为由为他辩护,最终以失败告终。这是后话了。

当时,我最担心的就是勒格。我和惠比特竭尽全力抢救他,都无济于事,直到普西从临近的村子找来一个医生,万般努力下才将他抢救了过来。果然,金斯顿这次用的又是水合氯醛。他还没有疯到不知道自己在做些什么。他不想让尸体上有任何伤口。至于他最后一步要做什么，我只能靠猜测，但直到现在我都不愿意再去想这件事。

勒格苏醒后，把事情的经过一五一十地告诉了我们。原来，金斯顿打电话到海华特斯宅邸，在向佩珀确认了我还在村里之后，他让勒格接了电话。他告诉勒格，我让他代为传话，要勒格去一趟镇里帮我办点事情。在去镇里之前，先到特瑟林教堂墓地去找我，我在那儿有了新的发现。他让勒格收拾好行李，从田间小路走到马路上，并说自己在那里等他——这就是事情的经过。金斯顿的确在那里等他，而之所以没有人看到他们，是因为医生的车对于村民来说实在是太常见了。

到了特瑟林之后，金斯顿给勒格倒了一杯啤酒，让他先在餐厅等一会儿。当然，喝完掺了水合氯醛的酒后，他便什么也不记得了。

我打电话时，金斯顿一定已经把他抬上了楼，并且刚刚给他染完了头发。实际上，这是一个小小的陷阱。勒格知道后简直快气炸了。

"我怎么知道这是你设的陷阱！你故意告诉他要掘尸，引他上当。你从来没想过我，是不是？"

我表示抱歉。"你现在还能活着说这些话你就谢天谢地吧。"

他瞪着我说："快给我把头发剃了。要是我伦敦的那些朋友看到了他们会怎么想？乡村假日——哦，没错，很有可能！"

我想现在应该让他好好睡一觉，我还有很多事情要做。

接下来的二十四小时里我们不眠不休，连夜奋战，金斯顿一案终于水落石出。

掘尸工作完毕后,利奥、我还有珍妮特一起前往奈茨庄园。想到这出荒唐的闹剧,利奥仍激动不已。

"那些砖块!"他说,"那些黄色砖块居然被人用毯子盖着钉在棺材里……天哪,坎皮恩,那个家伙真是个肆无忌惮、毫无畏惧的混蛋。直到现在,我都无法相信他一个人是怎么做到的。"

"他不是一个人,"我说,"他有彼得斯帮他,更不必说那个给他打工的小伙——那个建筑工的儿子。在乡村,建筑工通常也兼任殡仪员,不是吗?"

"罗伊尔!"利奥恍然大悟道,"难道他……这样停尸间钥匙的问题也有了解释。你觉得他参与其中了吗?"

"应该没有。我猜金斯顿只是利用了他。"

"你把我弄糊涂了,"坐在后座的珍妮特打断我道,"彼得斯究竟有没有兄弟?"

"没有。世界上只有唯一的一个恶猪。"

如果此刻我说她笨的话,她会原谅我的。在这件事情上,她的确反应迟钝。

"可他为什么要费那么大力气假装自己在一月份死了呢?"

"因为那两万英镑的保险。他与金斯顿勾结,企图诈骗保险金额。"

他先是捏造出一个弟弟，又伪造死亡，不仅骗过了自己的律师，而且由于这个律师事务所声名远扬，还让保险公司信以为真。"

"原来是这样。"珍妮特说，"那为什么事情没有如他所愿呢？"

"因为他这个人本性难改。他不想兑现对金斯顿的承诺。他知道一旦得逞，他就可以任意摆布金斯顿。我想他当时一定屡屡拖延分赃时间，肆意嘲弄金斯顿，但他不知道自己面对的是个什么样的人。金斯顿鲁莽自负，做事不计较后果。当他知道自己被彼得斯欺骗后，自尊心严重受挫。同时，他也发现恶猪这个人完全靠不住。"

"靠不住？"利奥不解地问道。

"他经常喝得烂醉如泥，不是吗？想想金斯顿当时的处境。他眼看着自己不仅被欺骗，得不到一点儿好处，同时，又被这样一个狂妄自大、随时可能酒后泄密的人所摆布。当然，恶猪只要不出卖自己，就不会把金斯顿供出来，但他不免担心恶猪会酒后吐真言。这时，海霍又出现了。这个品行不良的叔叔看到自己的侄儿生活如此优渥，便想看看究竟是怎么回事。他甚至在附近的山上装了一台望远镜来观察这里的动向。这对金斯顿来说又构成了另外一种威胁。我想他是由于一时冲动和害怕，才会杀了彼得斯。"

"可怕的家伙，"利奥说，"海霍猜到真相后以此敲诈他，才会被灭口，是吗？"

"海霍一直想拿自己知道的线索捞点好处，但我想他还没猜出是金斯顿杀了恶猪，他只知道恶猪的那场葬礼有猫腻。他和金斯顿约在那座空别墅里见面细谈，金斯顿在那里杀了他，然后把尸体运到了那片麦田里。把尸体运到目的地后，他才把匕首拔出来，所以路上才没有血迹。"

珍妮特瑟瑟发抖。"他伪装得太好了。我从没想过——"

利奥咳嗽了一声说："完全被他给骗了，看起来人模人样。""他太聪明了，"我同意道，"那天晚餐时我的出现一定让他吓了一跳，因为我们曾在葬礼上碰过面。但他立即把那个所谓的弟弟的事搬了出来，听起来十分可信。这件事中他唯一的失误就是在得知我要去检查尸体前把尸体扔到了河里。他每次都会出于冲动而做出一些举动。"

珍妮特摇了摇头说："你不应该掉入他最后设下的陷阱的。"

"亲爱的，"我急切地说，"我们必须得找到他谋杀或谋杀未遂的证据，毕竟他已经把前两起谋杀的证据清理得一干二净了。再说，要不是勒格的话我才不会这么鲁莽。"

"要不是惠比特的话你早就鼻青脸肿了。"说完,她的脸一下子红了。

"金斯顿同意来海华特斯接我后,我和惠比特通了电话。"我说,"他发现了那座空别墅并且告诉了我。我们猜测如果金斯顿要杀我的话他肯定会带我到那去,要不是惠比特的话我也不会这么勇敢。我这么聪明,暂时还不想死,哈哈。"

珍妮特笑了,甜甜的酒窝十分可爱。

"那么你知道惠比特的事了吗?"她问。

我看着她说:"你知道多少?"

"一点点。"

"天哪!"

车很快到达了奈茨庄园。波佩、普西和惠比特一行人正在客厅里等着我们。我们坐了下来,边喝着加了冰块的高杯酒边聊天。波佩突然侧过身来对我说:

"艾伯特,你肯定是哪里搞错了。虽然我很信任你的才能,但金斯顿医生怎么可能一边和利奥打牌,一边去把花盆推到哈里斯或者你们所说的彼得斯身上呢?你说过花盆不可能是偶然掉落的。"

"波佩,"我说,"你还记得案发当天早上,金斯顿曾来看望你的女佣吗?我想,你应该是亲自把他带上去的。女佣床边的水壶里有一些冰块,对吗?"

她想了一会儿,说:"没有。他下来之后我给他倒了杯冰饮料,在那之前我曾带他到卫生间里洗手。他跟着我下楼,喝完水后他突然想起还没有给弗洛西开药,于是又上去送药。"

"啊!"我恍然大悟,"他是不是过了很久才跟着你下来?"

她若有所思地答道："呃……没错，确实很久，我想起来了。"

明白一切后，我继续说："金斯顿说他在楼梯上碰到了宿醉的哈里斯，也就是恶猪。宿醉是真，楼梯是假。实际上，他悄悄溜进恶猪的房间与他碰面。当时恶猪已经醒过来了，但他想要一剂醒酒药。他信任金斯顿，从没想过金斯顿会对他暗下毒手。毕竟，没有人会时刻提防自己被别人谋杀。此时，金斯顿的医药箱里恰好带了水合氯醛，这是一种常见的麻醉药，但使用过量会有生命危险。金斯顿感到机会来了，便给恶猪注射了远远超过常规的剂量，然后让他去坐在草坪上休息。他悄悄跟着他下了楼，从客厅的窗子后面亲眼看着他坐了下来。我猜他原本只是想让他就那样死去，让验尸官以为他是因为长期吸食毒品而死亡。但那样做风险太大，而恶猪所坐的那把椅子恰好又正对着窗口，让他产生了另一种想法。不知你们有没有注意过，这座房子每一层的窗户都是对齐的，也就是说如果花盆掉下来，必将准确落在恶猪所在的位置上。这样设计原本是为了遮盖屋顶的通风窗。金斯顿在喝那杯饮料时，突然计上心头。他看见杯子里有两三块冰块，就悄悄取出两块放进了口袋，然后他以送药为借口返回了阁楼。当时，阁楼空无一人。他发现恶猪如他所料的那样，恰好就正对着花盆的位置。他明白恶猪此刻已经神志不清了，剩下来的一切轻而易举。他把花盆从底座中移了出来，让它悬在半空中，然后把冰块垫在了下面。一切准备妥当之后，他便悄悄下了楼。接下来他要做的便是等待那一刻的来临。"

波佩不可置信地看着我,面色苍白。

"等到冰块融化之后花盆自动掉下来?这——简直太可怕了!"

普西摇了摇头,说:"太聪明了。先生,我可以请教您是怎么想到这一点的吗?"

"我赶到现场时青苔还是湿漉漉的。一开始我并没有想到这一点,但几天前我在这喝高杯酒,看到里面的冰块时,才恍然大悟。"

"太棒了,"惠比特由衷地说道,"我也曾怀疑过他,但他的不在场证明让我百思不得其解。"

利奥惊讶地看着他,似乎才注意到他的存在。

"呃——惠比特先生,很高兴见到你。但你是怎么参与到这桩谜案中来的?你为什么会出现在这里?"

客厅里顿时鸦雀无声。众人齐刷刷地看向我,似乎觉得他与我有关。我看了看惠比特,说:"这位是吉尔伯特·惠比特,互惠人寿保险公司老板Q.吉尔伯特·惠比特之子,公司简称M.O.L.E.(即鼹鼠)。那天在羽毛旅馆我才明白这件事的来龙去脉。惠比特,你可真懒。"

他淡淡一笑,说:"你知道,我喜欢写信。"然后,他欲言又止地说,"坎皮恩,我很抱歉把你拖入了这趟浑水。但当时除了怀疑之外我们什么也做不了。我无法直接告诉你,于是就只能写信。"

"我和勒格都很欣赏你的文笔。"我说。

他郑重地点了点头。"这似乎是引起你兴趣的最佳方式。每当我觉得你可能会灰心时,我就会再写一封。"

"我猜,是你们故意让埃菲接近我的吧?"我冷冷地说。

"呃——没错。"

波佩环顾四周,问道:"她现在人在哪儿?"

惠比特开怀大笑道:"和威克在一起,去镇上看电影了。天作之合,哈哈。"

我看着他,突然对他产生了一种敬意。

第二天,我和勒格启程返回伦敦。波佩来到海华特斯宅邸,和利奥一起为我们送别。蓝白相间的天空里,鸟儿欢快地唱着歌,空气中弥漫着青草的味道。

出发前,珍妮特急忙跑了过来,身后还跟着惠比特。她的眼神里充满抑制不住的兴奋,看起来十分可爱。

"祝福我们吧,艾伯特,"她说,"我们订婚了,是不是很值得高兴?"

我给他们献上了最诚挚的祝福。

"谢谢你,坎皮恩。"惠比特歉疚地说。

一路上,我若有所思。勒格把头发剃光了,脑袋看起来就像一个光秃秃的鸡蛋。他似乎有些沮丧。快到主干道时,他推了推我说:"真是一出好戏！"

"你说什么？"我问。

他鄙夷地说："那个叫惠比特的家伙。他本来和埃菲·罗兰森小姐一起来这里，现在又勾搭上了珍妮特小姐……真是手段高明！"

"勒格，"我抱歉地说，"你可以自己走回去吗？"

幸运数字——三

九月的一个下午，五点，罗纳德·弗雷德里克·托贝又在谋划他的第三场谋杀。他显得异常谨慎，头脑清醒，完全明白稍有不慎会有怎样的后果，因而迫使自己做的任何准备都是万全之策。

一个人一旦走上职业犯罪的道路，必将承担更多的风险和不安——这是他在一本杂志上看到的。那时他还没有结婚，在回家的路上一眼看见这句话，便真切地映在了脑海。他觉得，每个男人都想要获得成功，而他一直严于克己，拒绝失败。他确信自己比大多数人都要聪明，但是也并没有老是惦记着这点，每当感到自己内心深处有一股力量即将要喷涌而出，感受到那股熟悉的兴奋感时，他都决然抑制。

罗纳德站在浴室里，靠在洗脸盆的边上停了下来，若有所思地打量着镜子里的人。这座别墅他刚租了没多久。

镜中人也打量着他，那是一张瘦削的中年男人的脸，面色苍白。稀疏的黑发，贴着又高又窄的前额一路向后，一双好看的蓝色眼睛炯然有神，唯有那张嘴极不平常，像极了一条狭窄的裂缝，几乎都要看不到嘴唇，还时不时不自觉地放松成微微一笑的样子，就连罗纳德·托贝也十分讨厌自己这张嘴。

楼下厨房传来一阵声响，打断了他的思量，罗纳德立马挺直了腰杆儿。要是艾迪丝熨完衣服，她可能会在罗纳德给她准备好浴室前，就上来泡个她说了很久的泡沫浴——这是绝不能发生的。他屏住呼吸，在那等着，但是还好，艾迪丝从后门出去了。他走到窗边，正好看见艾迪丝消失在房子的一边，走进小小的方形庭院里，那里和这条街区里的其他庭院一模一样。他知道她会出去晾刚熨好的亚麻床单，尽管这给了他足够的准备时间，但还是让他觉得恼火。

目前为止，有三个相貌平平的中年妇女答应过他的求婚，并且之后都决定把他立为自己的遗嘱受益人。这三个人中，艾迪丝是最让人觉得恼火的。他打算去提醒艾迪丝不要再花费那么多时间在庭院琐事上了，在他们六周的婚姻里，这种想法已经出现不下十几次，他讨厌她总是独自在外。艾迪丝害羞又内向，但是现在来了新的邻居，便有了结识长舌妇的风险，在这个节骨眼上，这是他最不能容忍的事情。

　　罗纳德的前妻们都曾是内向型的人。他一直很认真地去挑选合适的人，觉着自己的成功大多要归功于此。他的第一任妻子叫玛丽，一场致命性的"事故"葬送了她的人生。她被抛弃在一个容易被人忽略的居民区小屋里，就和罗纳德现在选的这个小区差不多，只不过这个在英格兰南部，那个在北部罢了。那时，小区还在建设中，验尸官行色匆匆，警察同情心泛滥却又事务繁重，邻居们也是一副漠不关心的姿态，除了当地报纸的一个年轻记者对这件事颇为好奇，写了一篇关于乐中生悲的花里胡哨的报道，发布了一张婚礼日的快照，还用极具北方特色的保守陈述，将这篇报道命名为"祸起蜜月"。

　　在罗纳德的生命里，他的第二任妻子多萝西算是一个短期停留的过客，来去匆忙。对多萝西来说，罗纳德更像是她的哥哥，但也仅此而已。她曾骗他说，在这个世界上她感到很孤单，但在她葬礼结束后却突然来了个管闲事的哥哥，硬是找罗纳德问她留下来的那点儿遗产，要不是罗纳德态度强硬，那个哥哥怕是个大麻烦。他们最后还打了场简单的官司，罗纳德完胜，保险公司全额赔偿，连一丝抱怨都没有。

　　这一切都还只是发生在四年前。而现在，伪造的新的名字，新的身份，新的地方，让他觉得尤其安全。

　　罗纳德第一次见到艾迪丝是在一个海边旅店的餐厅，当时她正孤零零地靠窗坐在一张小桌边。从第一眼起，罗纳德就知道她会是他的下一个猎物。他总是把他的妻子们看作是"猎物"。他给这个词假想出一种伪科学的气氛，自己还觉得挺满意。

那时，艾迪丝坐在那儿，看起来显得拘谨而优雅，还有点儿严肃，但是在她脸上又藏着一丝羞怯，从那双近视的眼睛中流露出一股不如意的、半带着点害怕的情绪。有一次，服务员跟她说了点什么令人愉悦的事，她就紧张得满脸通红，为此感到局促不安。她还佩戴了一枚带真钻的胸针。罗纳德在餐厅里一眼就看到了，他对钻石特别有鉴别能力。

当晚在休息室里，罗纳德就跟她搭过话，扫去了初见的冷落，再次尝试后终于让她开始放下芥蒂，与自己聊起来。之后的进展正如他所预料的那样，方法很老套却异常浪漫，一周的时间就让艾迪丝无可救药地迷上了他。

从罗纳德的角度来说，她的过去比他曾期望的还要令人满意。在她整个二十多岁的年华里，都在女子寄宿学校里教书，之后被叫回家照看避世的父亲，父亲的久病不治套牢了她的生活，以至于49岁了还是孤身一人，生活相对富足，却像是汪洋里没有船舵的一叶孤舟。

罗纳德一直小心不让她接近真相。他在她身上倾尽了所有的注意力。他们在第一次见面后，过了正好五周，就在初识的那个小镇登记结婚了。同一个下午，他们在别人的帮助下各自立下遗嘱，因为旅游季已是尾声，他们搬进了一座租金便宜的别墅里。

这是他觉得最让人满意的一次征服。玛丽的情绪化有点儿歇斯底里，多萝西猜忌心重太过勉强，而艾迪丝却是意想不到的称心如意、朴实达理，她的愚蠢没能让她第一眼就看清楚眼前的这个男人不过是感情的浪子。任何一个男人都会因为对她感到同情而犯下致命的错误，而罗纳德不会，他认为自己能"超越"所有的同情心，并为此而自鸣得意，开始在心中残酷地计划着"艾迪丝的未来"。

有两件事让罗纳德不得不提前他的计划，而这竟变成了艾迪丝的催命符。一件是她固执地对自己的财务状况保持沉默，另一件是她一直对罗纳德的工作表现出让人为难的兴趣。在结婚证上，罗纳德把自己描述成一个销售员，他告诉艾迪丝自己是某化妆品生产商的新合伙人，给了他一个很慷慨的准假期限。艾迪丝毫无疑问地相信了他的陈述，但几乎是立刻，她就想着要去参观他的办公室和工厂，总是说着一定要买些新衣服，不让他"丢脸"。同时她把自己所有的商业文件都锁在一个旧文具盒里，无论罗纳德如何谨慎地试探，她都守口如瓶。罗纳德决定不再对她感到恼火，而是开始行动。

他从窗户那撤回来，小心地脱下夹克，开始在浴缸里放水。他眉头紧蹙，发现自己的心脏在狂跳，他希望它慢下来，他需要保持冷静。

浴室是他们重新粉刷过的。他们一搬到这，罗纳德就开始亲自着手这件事了，并在浴缸上方装了一个小架子，放上之前买的一瓶浴盐和一个小的老式双调节电热器，电热器很便宜，是白色的，和墙的颜色一样，不易察觉。他上前把电热器的开关打开后，就站在那看着，直到感受到两根加热管的热浪袭来，他才走开，然后去到楼梯平台那，任由电热器一直开着。

保险丝盒控制着整个房子的电路，就藏在楼梯顶亚麻色橱柜的最下面。罗纳德小心地用手帕包着门把手，把门打开，推开主开关，这样就不会留下他的任何指纹。回到浴室，电热器已经熄了。他回来的时候，加热管几乎已经变成全黑的了。罗纳德很满意地盯着那个装电热器的小浴室柜，仍然是用那张手帕，把它从架子上整个拿下来，小心地放到水里，然后安装好，在那个废弃的插头上方拗成一定角度，靠近浴缸底部，这样就几乎占不了多少地方。白色的电线沿着浴缸的陶瓷边缘，再沿着地脚线，插进门下面的壁式插座，插座就在外面的楼梯平台那。

他第一次安装电热器时，艾迪丝就反对这个草率的安排，但是在罗纳德解释说因为水是导体，当地议会对在浴室安装壁式插座很挑剔后，她才妥协让他在那个没那么显眼的亚麻地毡下牵引安装电线。

这下就能很清楚地看到浴缸里的电热器了。看起来就像是不小心沉到了这个奇怪的位置,要是注意到它的话,任何神志清楚的人都不会踏进水里的。罗纳德停了下来,眼神晦暗,那张嘴也显得比以往更加丑陋。计划完美又简单,如此有把握,足以快速致命,最重要的是,在他看来,这足以让他逃脱所有嫌疑,就和以前一样,让他有种兴奋的悸动。艾迪丝要回来了,他能听见楼下,在后门外的水泥地上,她正在搬什么东西。他移到挂夹克的地方,从夹克胸前的内口袋里拿出一个塑料香包,重读着背后的使用说明,突然一个很小的声响惊得他猛一回头,惊恐的是,那女人就不到五英尺远了。她那颗小小的脑袋突然出现在洗衣房的平屋顶上,就在浴室的窗外。她应该在清理排水系统里的烂树叶,他想她一定正站在后门口最上面的台阶上。

从不恐惧是这个男人的典型特点。他手里还轻轻捏着那个香包,走到浴室窗边,温柔地对艾迪丝说:"亲爱的,你到底在这做什么?"

一听到他的声音,艾迪丝起身太猛差点从台阶上摔下去,一抹忧惧的红晕映在她瘦瘦的脸上。

"噢,你怎么能这么吓我!我想在上去之前把这点事给做了,要是下雨了,天沟里的水会把后面的台阶都给淹了。"

"想得真周到,亲爱的。"他用那种略显尖酸的语气调侃道,他发现这样最能摧毁她那种自我肯定的满足感,"但是你知道我会在上面给你准备好美人浴,你这样就不是很明智了,是吗?"

"美人"这个词的音调显然不是指她,他看见她做了个吞咽的动作。

"可能不是,"她望着别处说,"你真的太好了,还不怕麻烦为我做这些,罗纳德。"

"别客气,"他带着一丝男子气概和不经意迟钝的口吻回道,"我今晚带你出去,想让你尽可能看起来——呃——美丽。快点吧,好夫人。沐浴泡沫可不会等你很久,就像所有的高级美容那样,用料都是昂贵的。去卧室换上你的睡袍,然后直接下来吧。"

"非常好,亲爱的。"艾迪丝随即开始爬下屋顶,罗纳德则回到浴室,撒了些香包里的东西到水里。那些粉色的、有着浓烈玫瑰味道的小晶体,漂浮在水面晃荡着,他倏地将水压调到最大,那些小颗粒开始融化成无数散发着彩虹光芒的泡沫。但是一阵担忧袭来,困扰着他,这些泡沫可能不足以掩盖他的计划,他弯下腰用手拍打着水花,其实他本没必要这么担心。这些如云状的泡沫不断膨胀再膨胀,汇聚成团,香气扑鼻,不仅盖过了浴缸底部和里面的所有东西,还溢出了浴缸边缘,漫过白色电线,浸到墙板和防滑垫。简直完美!

他穿上夹克,起身开门。

"艾迪丝,快点,亲爱的!"他还没来得及说出口,艾迪丝就来了。她踌躇着走进来,蓝色睡袍勉强裹着她瘦小的身体,头发被塞进一顶并不合适的浴帽里。

"噢，罗纳德！"她惊骇地盯着浴室现场，对罗纳德说，"怎么弄得一片狼藉？天哪！地上全是泡沫！"

她的犹豫激怒了他。

"这没关系，"他蛮横地说，"趁泡沫还没消失，你快进来，快点。我还要出去换衣服，我自己的。我给你十分钟。直接进去，躺下来，这些泡沫会让你的皮肤看起来没那么蜡黄。"

他走出去停下来，听着里面的动静。艾迪丝锁上门，正如他想的那样。一辈子的习惯是不会因为婚姻而突然改变的。他听见门闩的声音后，强迫自己顺着走廊下去。他给了她 60 秒的时间。30 秒脱掉身上的衣服，30 秒在散发着玫瑰香气的泡沫边缘徘徊。

"怎么样了？"他在门外的被单毛巾柜喊道。

她没有立刻回答，汗珠从他前额冒了出来。然后他听见艾迪丝说："我不知道，我刚进来，真的很好闻。"

他没等艾迪丝说完最后一句话，包着手帕的手就再次伸向了保险丝盒里的主开关。

"一、二……三。"他自言自语地说着，语气可怕又平淡，然后把开关推了下去。

罗纳德身后的壁式插座闪出一道噼啪的火光声，沿着电线一路蔓延，接着不久便归于沉寂。

四周静得出奇，罗纳德都能听见自己脉搏的跳动，还有楼梯下传来钟表的滴嗒声，困居室内的一只苍蝇撞击着窗户玻璃的嗡嗡声，通向花园的门那边一个面带稚气的胖男人推着割草机除草的低鸣声。但是，浴室里却是连一丝动静都没有。

过了一会儿，他蹑手蹑脚地沿着走廊回到浴室门口，敲了敲门。

"艾迪丝？"

没有，没有任何回应、任何声响，什么都没有。

"艾迪丝？"他又问了一遍。依然是一片死寂，一分钟后，罗纳德挺直后背，深深地叹了口气。

随即他便再次紧张起来，准备实施第二阶段的计划。他很清楚，接下来是最有技巧的一步，要发现尸体，但是也不要太快发现。上次多萝西出"事故"的时候，他被当地的检察官问到为何会如此快察觉到，幸好他脑子转得快，危急时刻一闪而过。这次他下定决心要等半小时再去狠狠敲门，然后去叫邻居，最后才把门撬开。他计划好在这个空当去街上买份晚报，但是在沿着楼梯平台走回去的时候，他想起来还有件事得先处理。

艾迪丝的皮质文具盒，里面装了她所有的私人文件，就在那个帆布帽盒最下层。她曾天真地以为罗纳德不知道这些文件，但他伪装得很好。在他最后终于知道盒子的藏身之地后，却发现盒子是上了锁的，他没有为此感到窃喜，唯恐打草惊蛇，但是现在没有什么能够阻止他了。

罗纳德轻轻走进卧室，打开衣柜门。盒子就在他上次看到过的地方，笨重却又显得多金。他伸出双手满是欣慰地向盒子靠近。把盒子拿出来比想象的要困难，当然他最后还是把它打开了，皮盒子里整齐摆放的各种文件一览无遗。里面有几捆储蓄券，一两个厚信封，上面盖着律师事务所的红色印章，最上面还有一本邮政局发行的关于银行储蓄客户的蓝皮书。

罗纳德打开盒子，颤抖的手指在各种文件里翻动。2000。这个数字他还算满意。2850。她一定得了些可观的分红。2900。然后她还给自己划了100英镑的嫁妆。2800。他想这是最后的账目了，但是在翻页的时候，他看见还有一份交易记录。而且是近一周签署的。他记得邮箱里收到的账簿，她用这种看不见的方式偷偷传送信件，想得多聪明啊。刚开始，罗纳德只是随意扫了眼上面的内容和数字，然后他突然一阵恐慌，盯着这封文件，睁大了瞳孔，一下呆滞了。她几乎把里面所有的财产都转移了。上面白纸黑字写着：9月4日，共转移2798英镑。

罗纳德立马想到这些钱一定还在这，可能某个信封里会有几张百元支票，于是便迫不及待地拆着信封，愤怒中忘记了所有的谨慎。文件、信封、证明全都散落在地上。

直到看到一封寄给他的信才让他停下来。这是封刚写没多久的信,上面还留着墨渍,意想不到的是,信封上的名字是艾迪丝亲自一笔一画写上去的,"罗纳德·托贝先生"。

他扯开信封,展开里面的一张硬面信笺纸,然后吃惊地发现,日期就是两天前。

亲爱的罗纳德:

如果有一天你拿到这封信,对你来说,它绝对会是一个沉重的打击。很长一段时间里,我一直想着,可能没有必要写这封信,但是现在你的行为让我不得不面对一些极不愉快的可能。

我想,罗纳德,在某些方面,你真的很老套。难道你没有想过,任何一个平凡的中年妇女,如果要立刻嫁给一个陌生人,除非她完全是个傻瓜,就一定会对沐浴这件事生出些许猜忌和敏感吗?

你知道的,我们并没有完全忘记你的前辈,詹姆斯·约瑟夫·史密斯和他妻子的故事。

坦白说,我也不想怀疑你。很长一段时间里,我以为自己爱上了你,但是你在我们结婚当天就劝我立遗嘱时,我不禁开始生疑，然后你一搬到这所房子就惦记着浴室，我想我最好是尽快采取点什么措施。我也是个很老套的人，所以我去了趟警局。

你有没有发现，搬到我们隔壁的邻居从没试着跟你搭搭话？我们想，我最好只跟花园围墙外的那位女士说说话，是她给了我从旧省报上截下来的两则报道，关于两个女人在结婚后不久就意外丧命于充满泡沫的浴缸里的报道。每个案例中都有一张葬礼上的快照，也就是那个女人的丈夫。照片不是很清晰，但我一眼看见他，就意识到自己应该相信一位检察官曾给过我的建议。你那可怜的第二位妻子的哥哥看到这两张照片后，便引起了他的注意，三年来，他一直在找能回应此事的人。

我想说的是：如果你要遗弃我，罗纳德，我是说在浴室外面，你会发现其实我已经穿着睡袍从屋顶出去了，就坐在对面厨房里。嫁给你，我就是个傻瓜，但也没傻到任你愚弄。女人可能是会有点傻，但已不是从前那样的愚蠢。我们也在采取措施，罗纳德。

你的

艾迪丝

另外，重读这封信的时候，我一直很紧张。忘了告诉你，搬到我们隔壁的邻居并不是对夫妇，而是英国刑事调查局的侦探康思特博和他的助手警官理查兹。警局告诉我他们没有足够的证据证明你的罪行，除非你再次犯案。这也是为什么我会强迫自己假装勇敢，努力扮演好我的角色，因为我对你的另外两位妻子感到惋惜和抱歉，罗纳德。她们曾经一定也像我一样为你沉迷。

裂开的嘴唇扭曲成令人憎恶的"O"形，罗纳德·托贝憔悴的双眼从信上抬起。房子里还是静得出奇，连隔壁花园里割草机的响声也停了下来。一片静默中，他听见后门那一阵急促的咔嗒声，破门而入的脚步声穿过门厅，爬上楼梯，正沉重地向他袭来。

相机里的证据

有些人可能会觉得奇皮·韦杰是一个缺乏职业道德的人，还有些人甚至想得更为严重。当我告诉你他在科摩兰报社（这并不是报社的真名）上班的事情时，在根本没必要的情况下，为什么还要去四处树敌说他的不是呢？他曾经是，当然现在也是一名摄影师，和那些躲在警察后面进行抓拍的年轻小伙子一样，也常跳到豪华轿车的后备厢上，去拍摄那些"社会"上的新娘，她们挂满泪珠的眼睛冷冰冰地看着要嫁的男人。他们给那些小伙子很多酬劳，但是奇皮拿那些钱自有用处，主要都是现款结算。他还接些私活赚点其他小钱，实际上都是来源于给市长拍照或者跟当地的选美皇后进行合作。

我们前往圣皮尔斯追查第五桩谋杀案。那时我在一个老邮局里，当我说"我们"的时候，我是说还有其他人一起。在发现丽莉·克拉克夫人的尸体后，南部铁路为报社准备了一列专车，另一列给警局的人。

故事很简单，如果你喜欢听这类故事的话，那很好。简单来说，在小镇的海边，发生了数起褐发中年妇女被杀事件。这几个案件都发生在这个夏天。五月，维尔德女士在威奇伯恩被杀害；六月，加勒德女士在翻山海湾被杀害；七月，谋杀犯转移到南码头，盯上了一位名叫杰尔夫的女士；八月，他选了一个特时髦的度假胜地，就在普利尼海滩舞蹈表演的广场外；九月，也就是近来在圣皮尔斯发生的最新案件。

在所有的案件中，某些细节惊人地相似。每位受害者都是品行端正、相貌普通的人，经常性地向游客租售房间，而且都有着一头赤褐色或染成赤褐色的头发。每个受害者被发现时，都是被勒死在户外一个很偏僻的地方，身旁还有一个从未使用的手提包，而且她们身上都丢了一些小首饰，比如说一个廉价耳环、手链上的金色别针、装有雪绒花的小盒式吊坠，在鸿利斯夫人的案子里，还丢了一个饰有团冠的银色小纽扣。

无论是在案发前还是案发后，警察一次都没能找到凶手留下的任何痕迹，圣皮尔斯的消息一传来，记者们就露出一张张兴致索然的面容，有很多东西可以写，却没有什么新的信息。科摩兰和其他兄弟报社一样,那些打起精神、歇斯底里工作着的员工们正表现出精疲力竭的迹象,甚至觉得有些沉重,就像我们每个人和这个世界一样疲倦。他们还停留在已有的这些案件上,而杀手偏爱在新月时下手,等待新的作案时机。

仅仅从我个人的观点来看,这件事情正逐渐演变成一个梦魇,其主要的原因是因为奇皮·韦杰。我第一次见到他是在五月份去威奇伯恩旅游的时候。那时候,本来只能容纳十个人的车厢里坐了我们十七个人,活动起来很不方便。尽管奇皮是最后一个上来的,在前半程旅途中,他都一直坐在角落的位置上,座位上方只有我一个人。我不知道他是怎么做到的,只记得在隧道里有些颠簸,当我们再次见到光亮的时候,他正抱着相机,就坐在我的下方。

奇皮是一个又瘦弱又不起眼的人,却有个异乎寻常的大方头,再仔细看看,前面还挂着一张邪恶的爱戏弄人的面庞。每当我想起他的时候,脑海中就会浮现出他的脸,红色眼睑上的白色睫毛,两排稀松不齐的牙齿,露出一副微笑,像是在问:"你有什么我想要的东西吗?"

他的职业并不讲究穿着,但是当他的同事们看到他的部分着装时,他们的脸色都白了。彼得森是这世上和我最像的一个人,他说总是能发现奇皮的衣服四散在酒店的房间里。我第一次见到奇皮时,他穿着一条马裤,精心设计的长裤腿,扣错纽扣的绿色开襟羊毛衫,外面披着一件廉价的新运动外套,上面还有一个很大的啤酒污渍。每一个口袋,坦白说是看起来像口袋的东西,都奇怪地向外突出,却没有让人觉得反常,整个人像伞兵一样带了很多装备。

我还记得当时我们的谈话。我趁卷袖子的时候,看了他一眼,他从后面戳了我一下。

"那是块好表,"他说,"拍过照片吗?"

我告诉他自己从没这样想过,这似乎对他来说有点奇怪。

"拍了会比较明智,"他向我严肃地确认,"万一你把它给压碎了呢?你继续忙。等我们到了,我帮你拍,不会花费你很多钱的。当然,你已经结婚了。有孩子吗?"

我告诉他没有,他似乎有点失望。

"孩子们总能拍出很好的照片,"他解释道,"孩子和狗。有养狗吗?"

我又不得不让他失望了。

"可惜。"他说,"多好的朋友啊!人类的好朋友。下车了,你可以选一条。有个小伙子养了些爱尔兰猎犬,只有五英里远。我会让你跟他通个话,然后拍一组相片。给你妻子一个惊喜,好吗?"

之后,那人简直变成了我的梦魇。当我偷偷在角落喝酒时,他缠着我,或者在我追查那个杀人犯时,他在背后盯着我,这么说吧,我唯恐自己被他伏击。我想我可以用残忍的态度和呆滞的目光把他赶走,但我没能做到。他是如此可怕,如此彻头彻尾地让人觉着糟糕,却又让我像着魔般对他产生浓厚兴趣。当然，除此之外，他又是如此令人嫉恨地有头脑。谣传他赚钱全靠运气，但那种解释对他来说并不算公正。他不知疲倦，猎奇和兼职有时会给他带来最有利的突破。比如说，他在威奇伯恩车站下来的时候，有个男人想给自己的猎犬拍照，奇皮主动上去帮了他一把，居然同时还抓拍到一张当地检察长蒂泽下车的清晰照，那时还没人可以确定当地警局是否已经将案件向上呈报，如果呈报了的话，又会派谁下来侦查案情。

在杀人犯辗转去圣皮尔斯之前，奇皮显得异常焦虑，一旦那个疯子杀人犯被逮捕，案子也就了结了。他这样的原因很个人也很典型，我是碰巧知道的。有一天晚上，在普利尼海滩的旅店里，他曾向我透露过。现在，我能够明白他的想法了。

"瞧，朋友，"他说着，食指循着日期，"下一个新月在九月十六号，对吧？不要觉得我是在抱怨。到时还是夏天，海边会比较适合我。但是下个月之后呢？下一个新月，十月十四号。我不想再有棘手的事情发生了，不是吗？"

我特别注意不说任何鼓励他的话，什么也没说，我知道不应该让他就此陷入沉默。

"十月十四号。"他义愤地说，"十四号有制服公司的会议。想象一下如果错过这个会议，会是多么悲剧啊，嗯？悲剧啊！"

那时是在八月。我们都在等待即将到来的九月谋杀案，尽管没有办法知道它会在哪里发生。消息传出时，大家都觉得很扫兴。正如彼得森所说，如果没有案件发生的话，这个故事可能会有更多的新闻价值。没有人为此感到高兴。日报中更加明快立体的报道将大部分人都吸引到南部海滨，没有人想起河口泥滩外的圣皮尔斯。像这个国家的其他城镇一样，在那里我们也安排了一个驻点记者。据记录，他最后给我们寄来的是一则关于鹳鸟的报告，去年六月的某一天晚上，有人发现这种鹳鸟在内地出没。根据他的说法，这一现象在城里引起了极大的关注。这个地方仿佛经常有这种动物出现。

我拦住奇皮不让他继续往前走，但是叫出租车的时候，我看见他的背影消失在铁路旅馆里。我很高兴能有暂时喘息的机会，而刚发布的新闻简讯里的字眼又是如此熟悉——"中年妇女不幸遇害""寂寞的森林""红褐色的头发""检察长蒂泽赶往现场"——想到又要跟他打交道，还要去圣皮尔斯，一直担忧的事情发生了，我感到一股厌恶感涌上心头。起初，只有光和微弱的碘的味道提醒着刚来此地的人们——海岸就在附近，只要再往前走一点，在融维多利亚、摩尔风格于一体的建筑背后，退潮后的大海轻轻拍打着暗褐色的海滩，商店里卖着各种彩色水桶、拐杖和可带回家的盖有饰章的瓷器。

我在一个叫卡弗雷的烟草店里找到了我们的驻点记者。他正在台阶那等我，嘴上的每一根小胡子都激动得颤抖起来。在遇害者被发现后，他马上就进入自己的工作岗位，迅速赶到了事发现场，并写了篇短新闻，我记得那篇文章是这样开头的："圣皮尔斯终是难逃疯狂杀手的光顾。今日凌晨，一轮邪日在游乐场后的市属林地上空升起，径直照耀在一位当地居民身上，照耀在那被吓得惨白的扭曲的嘴唇上……"

他给我提供了遇害者的名字和住址信息，在他的商业名片上写着：丽莉·克拉克夫人，诺尔庄园，海景大道。类似的名字，类似的地址，和这系列案件的其他遇害者一样。他欣喜地告诉我，他认出了一位死者的亲戚，并且已经让她在店铺后面的小房子里等着我了，我见到她之前，就确定她就是我要找的女孩。这五个案子的相似之处让人觉得有些紧张不安。我马上看出了她的惊恐，以及发现这可怕秘密的窃喜。那个夏天，我经常看见这样的面孔。

她的故事已经是我听到的第五个版本了。和前几位遇害者一样，克拉克夫人是个寡妇。虽然她没有把头发全给染了，但也做了些润色。她不像普通人那样招徕房客，要求太多。但是，是的，有时她也会有些条条框框。那个女孩不知道克拉克夫人会和一个她不认识的男人一起去散步！好吧，如果当时的情况不是那么悲惨的话，这种桃色事件恐怕是会被嘲笑了，她会的，真的。

我习惯性地问："她是个很友善的人吗？你喜欢她吗？"

我本来已经对她可能会表现出的犹豫和隐约的不安做好准备了，无非是因为感到焦虑而对死者说些好听的话。我之前听过关于另外几位女士的评价。"她脾气差。""不能说她是个很慷慨的人。""她喜欢按照自己的方式处理问题。""要是她想的话，她会是个很友善的人。"

而这次，卡弗雷的顾客对克拉克夫人的评价似乎就是我所整理的全部。

"噢，她做的所有事情都是为了她自己。"她冷酷地回答。

警察分局里，没有任何令人惊讶的信息。克拉克夫人在午夜的某个时刻遇害，在这段时间里，她并没有被抢劫，手臂上还挂着仿鳄鱼牌的手提包，我们在里面发现了十五英镑的国债券。负责该案件的警官从这个方面再次谈到这项犯罪的疏忽之处时，满脸近乎愤怒的错愕。他懊恼地说，克拉克夫人丢失的唯一的东西，只有西服翻领上旧式银色胸针的一个银色流苏，当然，丢的还有她自己的性命。

和前几起案件一样，没有任何犯罪嫌疑人。没有人在海景大道的诺尔庄园逗留，目前为止，也没有人前来举报看见过死者和陌生人一起出去。我把我了解到的故事发了出去，然后乘车去了游乐场。城里一半的人似乎都怀着同一种想法，一群悠闲散步的人下意识地朝着树丛间的小路走去，我也跟着他们往那走。尸体是在一片沼泽地里被发现的，那里满是废纸盒和碎纸屑，而不是银莲花。这个地方不需要任何路标指示。警察已经架起了他们的屏障，我能从他们中间看到检察长蒂泽拱起的双肩。

围观的人群都站在警方规定的距离之外观望着，和之前一样没什么新的发现。在过去的几个月里，报纸上曾写过，许多身心有缺陷的人都会到这来，急切地、目瞪口呆地注视着每一位死者的遇害地，在这，我能看出来人们都不是第一次出现在这种场合。我确信在每一次交通事故中，或是街上有人突发疾病时，或者仅仅是幻想我就在那个不幸的现场时，我总感觉自己见过那个忧郁的男人，他有着一双迷人的蓝眼睛，表链上满是飞镖奖章。那个带着抽泣的小弟弟的女孩，看起来也很熟悉，还有那个笑容满面的中年男子，我确信我也见过他，或者见过和他长得很像的某个人，在我经历的每一次灾难中，他都是一副笑嘻嘻的模样。

我和蒂泽谈了一下。他见到我不是很高兴，没告诉我任何东西。他从不是个乐观的人，现在整个人都笼罩在痛苦的愁云之中。我默默走开了，对他也对我自己感到抱歉。

报社正在进行大规模报道，我和彼得森一起走下山。在分岔路转角的地方，我们碰到了奇皮。他看起来和往常一样匆忙，像是在那儿拍一组假日照片，一对身着紧身衣的金发女郎，身材丰腴，她们中间还夹着位满脸通红的憨汉。这样的场景恐怕也只有这一种解释了。我惊讶地发现他并没有注意到我，真是谢天谢地。

"集市里的扒手和卖艺的人将其称之为'扮相'。"我们去看白狮乐队的时候彼得森说，"他是怎么收费的？半美元？这么评价威士忌的价格，真是有趣。"他的声音听上去又轻又尖酸。

这周剩下的几天，案子进展缓慢。几次错误的警告都让我们的希望落了空。蒂泽认为他有了线索，急忙赶到圣莱昂纳兹，随后我们一群人也跟着去了，但是这次追捕依然没有任何收获。我们觉得所有的一切都太乏善可陈。天气渐渐转凉，三个最好的酒店里的苏格兰威士忌销售一空。我时不时会看见奇皮，但是他并没有来打搅我。我猜他一直在接很多利润丰厚的工作。

他交了个新朋友，我对那人还挺感兴趣的。目前为止，我还没有提过奇皮的朋友们。他似乎总是能在当地找到一个酒伴，要是没说错的话，那个酒伴一般总是不登大雅之堂的。这次，奇皮交的那个酒友，是我在犯罪现场见过的那个身材肥胖的笑脸人，或者就算不是他，也是和他很像的某个人。我对他并没有什么不满，如果我只见过他那双跨越栅栏的脚底板或者坐在汽车上经过时见过他的帽顶的话，可以确定我应该永远不会结交那类人。蓝色毛边背心的褶皱里还藏着面包屑，声音嘶哑粗糙到可以忽略，脸上永远挂着副大大的茫然的笑脸。

奇皮大部分时间都跟他在一起，这样我就轻松多了，为此感激不已。

周六，我说动警局帮忙追查我所提供的回忆线索，要是没有找到这个惊人发现的话，我想我们都已经离开了。奇皮一直试图避开我，不只是我，还有镇上每一个新闻记者。

刚开始，我简直不敢相信，但是当我不再躲着他时，我突然发现我并不太了解他，之后的周日上午，我们在格兰德的台阶上打了个照面。一般来说，本应该是我摆出一副推托的木然表情，他则会坚持劝我来杯清晨小酒，但是今天，他从我身边逃走了，我第一次见他这么不安。在他摆脱掉我的时候，我甚至跟在后面一直看着他的背影。但是直到我跟彼得森，还有其他一两个人喝酒的时候，也就是差不多十五分钟后，我才突然意识到事情的真相。

有人问奇皮是不是已经离开了，因为最近不曾见过他，但是也有其他人注意到另一个新面孔。

彼得森马上用他全部的同情心来为奇皮辩护，比正面直击还要致命，我只是静静站着，看着吧台上的大日历。当然，我不是在想为何之前没有意识到这点。对奇皮来说，时间过得特别短暂。

我感到异常焦虑，而我视如兄弟也是最懂我的彼得森，此刻却不能理解我的想法。我浪费了好些宝贵的时间向他解释，希望在我走之前，能让他不再觉得这件事可以随便蒙混过去。从那时起，我便开始寻找奇皮，尽管他从未像这样找过我，就像我之前说过的，这并不是件容易的事，这地方对于媒体人来说十分拘束，我们不能发出任何追捕犯人时的愤怒抗议，这让我变得更加焦虑。

我有系统地循着蛛丝马迹追踪，在一天中最好的时光里，一直挣扎在奇皮已经凭空消失的现实里。就在六点前，我还陷入绝望之中，突然，我看见他了，他还是挂着几副相机，一群人正从一艘所谓的游船上下来走向岸边。在过去三个小时里面，游船环着海湾举办了一场派对。而船上的其他人就是之前去游乐场后的树林围观死者遇害地的那些人。抱着小弟弟的年轻女孩也在那，还有奇皮当时新交的朋友，那个肥胖的笑脸人。

从那一刻起，我肯定自己没有认错他或他们任何一个人。跟踪他们相对来说还是简单的。整个派对船看起来像是往最近的旅店开去，又在适当的时候从那里驶往下一个地点。游船整晚都在四处航行，直到第一抹昏黄的光线穿过秋日的薄雾，冲破那突然下垂的夜幕。

我不知道奇皮是什么时候发现我在跟着他的。我猜是在去往海洋大道的时候。有一次，我跟他四目相对，但是他有些犹豫，并没有向我点头示意。他周围有一群很可怕的人。那个笑脸人还在那，还有那个戴着帽子和表链的小个子，穿着紧身衣的金发女郎。要是我足够清醒的话，我能认出他们每一个人。

我能感觉到奇皮在试着摆脱我，过了一会儿，我注意到他特意走开，转弯抹角地往某个地方走去,像是一只归巢的黄蜂。一双红色的眼睛越来越频繁地瞟着钟表上的时间,我发现,他在各个酒吧之间的转换,也越来越快、越来越频繁。

然后,我又跟丢了。派对一定已经结束了。无论怎样,我还跟着一位金发女郎,还有一个面孔陌生的水手,除非她并不是我知道的那个金发女郎,而是某个很像她的人。我现在在这个小镇最老最肮脏的一块地方,感到异常惊慌沮丧,不能再走远了。有段时间,我不断潜入每一个亮灯的屋子,推开每一扇晃动的大门,一直处在一种"积极的恐惧"中进行搜查。事后回想,我甚至都忘记了在酒吧点杯酒,也可能正是这样,到最后救了自己一把。

不管怎样,最后我还是跟着他们,来到一个角落里的老式居酒屋。那里像谷仓一样,空间大却装修简陋,欢迎各色人群到来。我往居酒屋里面探了探头,根本没有什么人,除了一个有着蓝色眼睛的小个子男人,戴着顶帽子以及挂着徽章的表链。他正坐在靠近收银台的长椅上,过去两小时里,他就坐在那喝着一品脱的啤酒,凝神看着另一个像他那样的人。我仔细扫了他一眼,但是却无从辨别他和我曾在奇皮派对上见到的那个小个子男人是不是同一个人。不是因为我没眼力见,而是无论在哪个小镇、哪个海岸,这种样貌的人哪怕不是成百上千、成千上万,也没有什么特别引人注意的地方。何况他还是一个人。

我转身走了,本来是想沿街离开,突然看见那栋房子的另一道入口。我从刚才进去的第一道门那里又探进头去,正好看见奇皮的背影。他靠在一个小小的吧台上,时不时有人光顾,居酒屋老板沿着吧台往邻近的房间走去。我的第一直觉是奇皮是一个人,但是在走进屋子的时候,我看见他那个满脸笑容的朋友就靠在一个窄窄的长凳上,长凳穿过里墙,横跨两个房间。

他依旧笑容不停,但是那张宽宽的脸庞变得更加茫然了。奇皮一直在说话,喝醉的时候他总是会喋喋不休,吐字清晰但是却有种低沉的压迫感,有些人听了会觉得紧张不安。现在,他正说得起劲。柔和而又犀利的语言,配之以精准的手势描绘,他身上仿佛流动着一股沉着而有力的气息。我得再靠近他一点,才能听见他在说些什么。

"被困住了,"面对着朋友神志不清的样子,他低语道,"因为生活,被一个女人给困住了,她对人是如此轻蔑,她的灵魂是如此自私——如此自私——自私……"他转过头,看到我来了,说了声"你好"。

我记得当时脑子里冒出好些念头,那种情况下,我很可以好好愚弄他一番,告诉他我一直在,或者根本不在。不管怎样,我确实就站在那,很惊讶地看着他,一言不发。让我没料到的是,他脖子上还挂着那件工作常用的禄来福来反光照相机,还有那个叫助视屏板(或者有别的名字)的东西,正做好拍照的准备。

他先是友好地回应了一下我的注视，但我还是从他的眼神里看出了一丝掠过的谨慎，就像雄猫的那种眼神，现在他正努力不让自己表现出来。

"再见。"他说。

居酒屋店主忙碌的身影缓解了我的尴尬，他擦了擦木桌子，朝我面前推了一个啤酒杯，整个动作一气呵成。他收下我给他的酒钱，放进抽屉里，然后就大摇大摆地走开了，还以一种我完全无法理解的神秘方式，郑重地向奇皮点头示意。

我试着探了探口风，喝着啤酒含糊地问道："她很自私，是吗？"

"极其自私。"奇皮表示赞同，猩红的双眼越过我的肩膀，朝门的方向望了望。"进来吧，孩子。"他柔声说。

一个面色苍白的男孩在门道上徘徊着，听见奇皮的允许，立刻就走了进来，手里还抱着一块长长的硬纸板卷，看着就像一件武器一样。他虽然面无生气，却带着一丝兴奋，我想他应该不是因为见到我们才这样。

"爸爸说你要这些东西，他明天会去见你。"

奇皮收包裹的时候，可以看出这个东西很重要，但他实在是太随意了，或者说是太醉了，几乎快要接不住，给那个男孩塞硬币的时候，还不小心撒了些。显然，他从夹克口袋里抓了一把出来。

那男孩刚走，奇皮就把外包装纸给拆开了，我看见里面有四五个很大的相片的印刷本，但是他并没有把它们都拿出来，而是从各个角缝往里瞥了眼，看了看里面的东西，而我什么也看不见。

那个长凳上的笑脸人挪了挪，但没有起身。他的眼睛紧紧闭着，脸上却依然在咧嘴笑着。奇皮看了他一会儿，突然转过来看向我。

"他喝醉了，"他说，"醉得神志不清。我带着他整整一周，想找个靠谱的人聊聊，现在看看他这样。别在意，听我说。能想象到吗？"

"是的。"我逢迎地回答说。

他说："听着，他很年轻，思维简单，平凡又友善，就像你一样，或者就像曾经的我一样。他这回是来海边度假的。我是说几年前，他就是这么一个普通的年轻人，一年中只有一周的假期。"他停顿了一下，沉浸到恐惧之中，"一周的时间，她还是抓住了他。上帝啊,好好想想！"

我看着长凳上那个面带微笑的男人，并没有从这个故事里看到什么违和之处。

"他曾经是这么普通！"奇皮突然大叫起来，"普通到他可以是你，也可以是我。"

我并不在意，厉声问道："你是说他的妻子抓住了他？"

"不。"他再次从那种紧张的气氛中柔和下来，降低了嗓音说，"是他的母亲。她是个女房东，她抓住了他，折磨他。"奇皮的双手做了个特殊的弯折动作。"你知道的,真是悲哀的事情。下指示,被迫执行。他必须得娶一个女孩。然后他便像坠入地狱般活着,简直无法承受。他每日每夜地心气郁结,每日每夜,终于倒下了。"

他向我靠了靠,我都能看清楚他那两排不平整的短齿。

"他一下变老了,"他说,"丢了工作。又找了另一份,买卖老旧黄金。他曾四处奔走,为北海的一家小公司购买黄金,而这家公司却没给他多少收益。这样持续了一年又一年,一年又一年。真是很长的一段时间。然后事情发生了,他又开始看见她了。"

"谁?"我问道,"他的妻子?"

"不,不。"奇皮愤怒地说道,"妻子早就离开他了,带走了他所有的东西,变卖了所有的家具,跟另一个穷酸的走私犯跑了。那是很多年前了。不,他又开始看见那个母亲了。"

"我的上帝啊,"我说,"我想母亲的头发应该是红色的吧?"

"还很自私,"他严肃地告诉我说,"恶魔般的自私。"

听到这,我的身体颤抖得厉害,不得不把啤酒放下来。"听着,奇皮,"我说,"为什么他没有被发现?为什么母亲没有注意到他?"

他抓着我的大衣领。

"想象。"他低声对我说,"发挥你的想象,试想一下。三十年前他娶了一个女孩,但是今年,他又开始看见母亲了,她还是和以前一样。"

吧台上方，我俩的头挨得如此之近，他柔软急促的气息将故事一并倾泻给我。

"他沿着海岸线，游走数年，购买老黄金。每个人都认识他，却没有人注意他。当他敲开一扇门时，有无数女人可以认出他是谁，她们卖些小东西给他。但是去年冬天，他病了，得了胸膜炎，得去医院。自从他出走以来，他变得不一样了。过去的记忆一下涌向他的脑海。他渐渐回想起自己悲剧般的生活。"奇皮擦了擦嘴，接着说。

"五月，他看见了她。刚开始，她看起来就像是他之前认识的一个叫维尔德的女人，但是在他们聊天的时候，她的脸色变了，他认出了她的模样。他随即知道下一步该怎么办了。他告诉那个女人，他会有个折扣，但是又不想把这样的优惠给他的公司。说是得到了一个很便宜的戒指，如果那个女人来见他，他就会给她看看，也可能会以原价转卖给她。她去了，因为两年还是三年前，他就去过她们家，她认识他。那个女人没有告诉任何人这件事,因为她觉得这件交易不是很光彩，明白吗？"

"然后他就趁这个女人只身一人的时候，杀了她？"我悄声问道。

"对。"奇皮的声音里回荡着一丝满意的意味,"她最后得到了惩罚。他像一个老国王一样开心地走开了，感觉像是被释放了一般，充实而又得意。直到六月，当他去翻山海湾，当他在后街毫无警惕地敲开一扇门,然后——再次看见那张像母亲那样的脸。"

我抹了把额头的汗珠,往他后面退了退。

"然后是在南沃尔夫和普利尼海滩?"我嗓音嘶哑地再次问道。

"是的。然后现在是在圣皮尔斯。"奇皮说,"在新月出现的时候。"

就在这个时候,那个长凳上醉倒的笑脸人,睁开了眼睛,突然直直地坐起来,就像醉汉们那样,踉踉跄跄地朝门的方向冲出去。他冲开大门,消失在夜色中。我朝奇皮喊了一声,开始追赶,然后在门槛那停下来,回头看了一眼。

奇皮靠在吧台边,用一种冷漠的不明智的眼神看着我。我能从他的眼神里看出他的无望,这份工作应当由我来做。我转头出去,看到那个男人离我大概有五十五码远。他一直在路的中间,看起来很显眼,快走的姿势很是特别,每走两到三码,就会有一次跳跃或飞跑,仿佛是喷气式前进的样子。我没能全速奔跑追赶,要是我没有在离居酒屋三十英尺的地方被绊倒,我本来是可以抓住他的。

等我爬起来,就看到检察长蒂泽和当地法官,还有其他几位随从人员,正悄悄潜进我刚离开的居酒屋里。这一幕让我整个人都石化了,突然意识到我可能理解错那个故事了。我跟在警察后面,溜进了居酒屋里。

奇皮正站在吧台那,一旁站着蒂泽,另一旁站着一个当地男人。

吧台上展开五幅铺开的印刷画,现场每个人都沉浸在画里,我从后面静静走进去,越过奇皮的脑袋,看到了发生的一切。

那是五幅同一个男人的四分之三身长自画像。每一个男人都在一堆人中被驱逐出门,每一幅画上,都用白色的圈重重画出上腹部的位置。每个圈里,都有一个挂满飞镖奖章的表链和其他可能被忽视的小饰品。在第一幅画像里,表链上有两个奖章和一个廉价的银质耳环。第二幅里,多了一个手链上的金色别针。第三幅里,一个小盒式吊坠。第四幅里,一个银色纽扣。而第五幅,则是老式胸针上的一枚小流苏。

蒂泽看着这些画,像是被人故意设计的一样,蹩脚地往奇皮瘦弱的肩上打了一拳。

"你这是想告诉我你是昨天才发现这个的吗?能找到你的这些早期作品还真是幸运啊!"他的声音里满是厌恶,但是奇皮耸耸肩,挣开了。他现在,应该像我一样足够清醒了。

"我是很幸运,"他冷冷地说,"也很善于观察。"他扫了眼居酒屋老板,他正在拱门边坐立难安,就在横跨到另一间房间的收银台那。"乔治,好了吗?"

"是的,他还在那,威戈先生。我已经转了一圈,把他关了起来。他正安静坐着,在那喝他的啤酒。"

他拍了下手,所有的警察都慢慢向前移动。奇皮转过头看着我。

"可怜的小东西,"他说,"他现在很快乐,你看,直到下一个新月。"

"我似乎知道你以后会怎样了。"我尖刻地说道。

他突然笑了笑,看了看我,调整了一下他的相机。"是的,"他说,"这件事确实有同情在里面,但绝不是无谓的多愁善感。在我被捕之前,再等一分钟就好。"

正反博弈

逃离蒙特卡洛广场上的冷冷阳光，走进淡淡暖意的赌场前厅，坎皮恩先生看见一张朴素温和的女性面庞，由于某些原因，他都察觉不到屋子里有美食了。

他好奇地扫了那女人一眼。她为人老实又受人尊敬，要是在一个乡村教堂聚会里看见她，任何人都不会觉得奇怪，但是现在，在这儿，蓝色海岸旅游季的一个傍晚，夹杂在一群四海为家的浪人之间，她的存在就像是一株鲜活的蒲公英包裹在一束人造蜡兰花之中，显得格格不入。

那女人并没有看见坎皮恩。他继续往前走着，在一阵礼貌寒暄后，信步走进格兰德大厅。他没有径直穿过大厅,颀长瘦削的身体掩藏在柱子的阴影里,就这么站在那悄悄观察了一会儿。这个场景他再熟悉不过,但是这次却让他感到有点惊惧。除了平时的大量游客和常来的有钱人,还有职业赌徒、狂热的普通民众,当然还有那些奇怪的异常可怕的老妇人,妆容背后尽是贪婪。

然而,坎皮恩先生并不是以关切的心态来看待这些场景的。人群中,他认出一张熟识的脸。一位满头灰发的女士和一架公爵夫人的马车引起了他的注意,这不禁让他扬起了眉梢。坎皮恩还不知道玛丽·皮勒夫人(化名埃德娜·玛丽·詹姆斯·利雪伯爵夫人)已经不在哈洛威了。

还有其他一些人也引起了他的注意。其中,在一张桌子边上,他看见一个有着深蓝眼睛的大块头男人,男人身上戴着海军徽章,就坐在一个很好看的小姑娘和她父亲旁边。坎皮恩先生同情地看着那位父亲和他的女儿,但愿他们能负担得起如此昂贵的会面。

坎皮恩玩了几分钟"寻找骗子"的私人游戏后,看见迪格比·塞勒斯走了进来。那个男人穿过屋子,双手插进口袋,一双锐利的眼睛从低垂的眼睑后面好奇地窥视着一切。坎皮恩先生冷静地想了想,即使是个三流的骗子,他的技巧也还是太差了。除了那不起眼的着装,坎皮恩第一眼就能看出他是怎样的一个人,可疑的小鬼完全不值得信任。从事这样一个人浮于事的职业,坎皮恩对他的成功骗局感到很是好奇，环视着四周，搜寻着本该和他一伙的另一个人。

塔比·布里姆曾是迪格比·塞勒斯多年的犯罪伙伴，警察都认为他们彼此间脱不了干系。坎皮恩先生是知道布里姆的，他是公认的"行动的大脑"。他总是表现出一副虚情假意的样子，脸上堆满慈父般的微笑，但是现在，人们在任何地方都找不到他了，坎皮恩错过了和这样一个看起来受人尊敬的人物结识的机会。

坎皮恩突然被一种迫切感催促着，想要更近地观察塞勒斯先生。他默默地从藏身的阴影中走出来，跟着那个男人来到前厅，穿过两道门，正好看见他被一个面容朴实而通情达理的女人斥责。坎皮恩出来的那一瞬间，一股少女般的愤恨之火在那女人圆润的脸上燃烧着，塞勒斯先生无地自容，便匆匆离开了。

"我真搞不懂你，也不想懂。"那位女士看着他离开的背影说道。

那个声音和那张通红的面庞唤起了坎皮恩内心的疑惑。他们第一次见面的时候，她那张绯红的脸还只是因为天热的缘故，而不是因为感到窘迫。

"什么，是萝丝吗？"他问。

她转过身，看着他。

"噢，下午好，先生。"她的语调放松了不少，"这里让人觉得很陌生，不是吗？先生。"

"非常同意。"他表示赞同,又犹豫着,正好想起他可能在蒙特卡洛的赌场里见过玛格丽特·邦廷,但是他又不好贸然提起。

萝丝倒是很愿意聊聊天。

"爱丽丝五分钟后要来找我。"她悄悄地说着,"我不进里面去了,因为还得付钱,但是我想我还是要到这儿来,然后回到家我才能说我来过。"

坎皮恩先生感到更为惊讶了。"爱丽丝?是那个女佣对吗?"他问道,"我的老天,她也在这?"

"噢,是的,先生。我们都来了。"萝丝平静地回答着,"我、爱丽丝、夫人和艾小姐。我们都住在密摩斯塔酒店,先生。要是你想去拜访一下的话,我相信夫人一定会很开心见到你的。"

坎皮恩先生的好奇心完全被激发了,他二话没说就去了密摩斯塔酒店。

从字面意义或修辞角度来说,玛格丽特·邦廷是以张开双臂的热情欢迎他的。她从阳台的柳条椅上站起来,手肘两边分别放了杯味嘉喜鸡尾酒,有个美国人坐在她正后方,她像母亲一样欢迎着坎皮恩的到来。

"噢,我的孩子!"她又像往常般不断重复着相同的辞藻,"噢,艾伯特!噢,亲爱的!快坐下,喝点东西,多么棒的地方啊!你究竟是怎么到这里的？这一切都很荒谬不是吗？到酒吧里面来。这里更凉快，苍蝇也没那么恶心，没那么多人。"

此时正是午休时间，那个长相结实的美国人是这儿能看见的唯一一个人，他责备地抬眼瞥了一眼，可是坎皮恩先生已经跟着玛格丽特走开了。

玛格丽特，四十五岁，天生的金发碧眼，身材圆润丰满，充满活力，是个典型的乡村妇女。在密摩斯塔华丽的酒吧里，坎皮恩先生隔着小桌打量着她，他不禁怀疑她是不是从没长大过。她陶瓷蓝的眼睛里闪烁着孩子般的兴奋，胸前别着一颗海岸边常卖给游客的小小珊瑚饰品，紧扣着的荷叶边也跟着兴奋地一起一伏。

"真是让人激动，"她说，"我总是想来这，但是钱也总是不够。莫蒂和我多年前就聊起过蒙特卡洛。"她停了停，皱起了眉头。"我真希望莫蒂现在也在这，"话音刚落，她便又说道，"他会马上告诉我该做些什么。尽管如此，我们现在在这儿，费用一直付到这周结束，所以我想一切都还好。见到你真的很棒！"

坎皮恩先生眨眨眼睛。他一直认为已故的邦廷先生曾被受洗取名为"乔治"，但是他很了解玛格丽特，她可能很容易就在自己心里给他重起个名字，或者按她自己的喜好，就把邦廷先生说成了小说中英雄的名字。但是这些叫法还是让他觉得很是迷惑。玛格丽特不是那种能感受到这种窘境的人。

"发生了什么？"他询问道，"来这是因为继承了一笔遗产吗？"

"噢不，没那么刺激。"在眨眼以前，那双蓝色的眼睛立刻暗淡下来，"我把那座房子租出去了，亲爱的——以很好的价钱租出去了。"

坎皮恩先生试着看起来没那么困惑。

"不是燕子大厅吗？"他不由自主地问道。

她大笑道："那是我唯一的房子，亲爱的。那是个可爱的老地方，但是冬天特别冷，当然从那儿无论去哪里，都有好几英里远。现在还需要翻新一下。现代化一点，你知道的。重装线路和中央供暖，还要贴上那种瓷砖。所以那些人租下它的时候，我很开心。他们已经给了我三百，答应在这周结束的时候再给我三百，我抓住了这个机会。你觉得呢？"

戴着牛角架眼镜的坎皮恩目瞪口呆地看着她。

"六百英镑？"他小声嘀咕着，"你卖了那座房子……"

"没有，只是租出去而已。"玛格丽特微笑着说。"三个月，每周五十五英镑，这样不好吗？"

"简直不可置信，"坎皮恩直言不讳地说，"你应该去当贸易委员会的主席。现在已经拿到钱了吗？"

"好吧，我在想，"邦廷夫人平静美丽的脸严肃起来，"剩下的钱还没有拿到,还有一周就该付房租了。我真希望莫蒂能在这,他会告诉我该怎么发那种电报。"

坎皮恩先生还是很困惑。"我是说,"他说道,"不要把我想得这么不厚道,但是以萨福克郡的价格,你给的租金有点便宜,不是吗?"

"我知道。"邦廷夫人微笑道,"这就是它可爱的地方。这些人突然出现,放下钱要租它。他们坚持让我去度个假,还说不想留下任何一个仆人,当时我正在犹豫,想着要去哪儿,他们突然建议我去他们之前定下的套房酒店,还没入住。这真是个疯狂的主意,但是萝丝和爱丽丝在我身边工作多年,她们从没过过一个像样的假期,然后我就对自己说:'那就这样,为什么不呢?'所以,我们就来了。"

"停。"混乱中的坎皮恩先生咕哝道,"是谁定的酒店?谁没入住?"

"当然是我的租户啊,"邦廷夫人平静地回答道,"萨科力特夫人和她的丈夫。我没见过她丈夫。房子的事都是我和那位夫人一起商量的。"

她抬起头前停了好一会儿,显得自然而又愚蠢的表情背后却是出乎意料的机敏。

"我说,"她问道,"你是不是觉得一切听起来有些可疑?但我现在确实是在这儿。坦白说,我一直试着不去想这件事。萨科力特夫人看起来像是一个很好的人,又有钱又平易近人。我受够了,那个地方一直是拿我的收入在养着,我从没感到一丝快乐。那里极其冷清,又意想不到的枯燥。所以，我完全赞同这个计划，到这来，就不用花时间解决那些琐事，我觉得很开心很兴奋。她看完房子，不到一周我们就来这儿了。现在我倒觉得有点惊讶了。这听起来很有趣，不是吗？会有人想把自己埋葬在冬天的燕子大厅吗？我真希望莫蒂会在我身边。"

坎皮恩先生努力表现得振奋点。

"不管怎样，你已经拿到三百英镑了。"他说。

玛格丽特看着他的眼睛。

"要是你问我的话，这就是他们最可疑的地方。"她说道，附和着坎皮恩的看法，"我没法告诉你我有多担心。那房子里没有任何值钱的东西，当然也没什么值得他们去偷的，那里没有任何埋藏的宝藏或类似的东西。艾伯特，你和警察们都有些交情，要是有人能帮我的话，那个人只会是你。试想如果他们真的为人卑鄙狡猾，他们又打算在燕子大厅里做些什么呢？"

坎皮恩先生没有说话。他在心里再次描绘着那幅画面，一座很大的都铎老屋，蔓草丛生，矗立在一条林荫道上，那里离最近的村庄也有六英里路，冬天的房子里，寒风凛冽，沉闷潮湿。他茫然若失地看着玛格丽特。

"只有天知道。"他说。

玛格丽特双眉紧蹙，说："我不应该就这样出租房子，但是他们已经住下了。最开始我直截了当地拒绝了,但是我无法摆脱他们。那位夫人一心想住进去,她说,只要我同意她愿意出更高的价钱。我能怎么办?已经走到这地步了。"

坎皮恩先生冲她傻笑着,最后说道:"我要回去了。我和其他人做了次海上旅行,然后在圣雷莫下的船。现在要从尼斯乘早班飞机,我可以再来向你查探些情况吗?"

邦廷夫人像孩子一样松了口气。

"噢,亲爱的,"她说,"只要你想来!你真的是非常聪明,艾伯特。和莫蒂分开后,你是我知道的唯一能够真正解决这个麻烦的人了。你还记得屋顶漏水的那个晚上你表现得有多棒吗?"

坎皮恩先生谦虚地略过了对他的称颂。

"对了,"他说,"关于这个萨科力特夫人,她长什么样?"

玛格丽特想了想,说:"噢,非常漂亮。大概和我差不多大,娇小,皮肤黝黑,穿着讲究,有很宽的前额。"

坎皮恩的脸变得有些惊愕。

他轻声询问道:"我猜你经常会看见一道明亮的、很引人注意的光投射进她的一只眼睛里,是不是这样?"

邦廷夫人吃惊地看着他。"你是怎么知道的?"

坎皮恩没有说话。他思索着,这么说多萝西·道森也在燕子大厅。

在此之前,她还被当作是塔比·布里姆夫人,塔比·布里姆的同伙迪格比·塞勒斯是在蒙特卡洛监视玛格丽特·邦廷的女佣。这些线索都相当重要。

玛格丽特陪他走到酒店门口。"如果萨科力特那些人撒谎的话,他们终究会在燕子大厅伪造些奇怪的文件出来。"分别的时候她说,"他们到底想要些什么?"

"到底想要些什么?"坎皮恩先生重复着。为了弄清楚这一点,坎皮恩回家后的第二天早上,便去了趟苏格兰场。

斯坦尼斯洛斯·奥兹警官开着无聊的玩笑欢迎他的到来,掩盖了内在的欣喜。

"塞勒斯和布里姆?"他坐在办公桌后面,背靠着椅背,桌上一丝不苟地收拾得很是整齐。"他们是骗子,不是吗?贝克就是你要找的人。我叫他过来。"

他打完内部电话,转身笑着看看坎皮恩。

"你这些天是不是有点忙?"他注意到,"迟早有一天,你的朋友们都会出事的。你是在救他们,还是只是想引起那些受骗者的注意?"

"都不是,我只是想要帮忙。"坎皮恩先生解释道,"克鲁克斯很清楚自己遇到了骗子,你知道的。"

"啊哈,但是我得为他买单,"那个警官说,"你好,贝克,这是坎皮恩先生。"

刚进屋的检察员贝克是个方头方脑的、看起来冷静严肃的年轻人，他很是尊敬坎皮恩，一心想要帮忙。

"我觉得，他们俩之间出现了裂痕。"他说着，瞟了眼手上的打印纸，"塞勒斯半月前从加拿大回来了，然后三天后又离开了。布里姆在过去六个月里，一直在伦敦梅达谷的一座公寓里。那个叫道森的女人和他在一起。当然，我们一直在对他们保持监视，有人认为一个月或更早之前，他们就在酝酿些什么事情了。但是那个赌徒很聪明，没泄露任何东西。现在他们都消失了，我们怕是跟丢了。如果你问我情况怎么样了，我只能说他们都很焦虑。布里姆很享受现在的舒适生活，背地里总需要些资本来解决些小麻烦。我觉得基金的可能相对较低。"

随后，他俩认真听了下坎皮恩先生所掌握到的关于布里姆他们合伙骗租的消息。

"一座偏僻的房子？"警官最后问道，"又偏又大？"

"地方确实很偏僻，也确实很大，但是冬天就没那么吸引人了。"坎皮恩先生似乎感同身受地说着。

"但是，现在还算是座好房子？"检察员贝克暗示道，"几年前还值不少钱？"

坎皮恩其实还是有些费解。

"是的,"他同意道,"那里的房价一直在下降,当然了,在火爆的时候,它可以卖到一万五到两万英镑。但是,我还是不明白——"

贝克和他的上司来了个眼神交流。

"听起来又是'那个老房子'。"他说。

"就是它,不是吗?"奥兹仔细琢磨着。"塞勒斯!"他突然说,"就是它。在从加拿大回来的船上,塞勒斯肯定见过那个受骗者了。他到的时候,就已经把在船上谋划的一切计划都定下来了,这样,他、布里姆和那个女人就一定会一起到蒙特碰面。布里姆和多萝西负责邦廷夫人,催促她去订好的酒店,他们应该也不确定还有什么其他方法能让邦廷夫人离开。塞勒斯跟着她,看她是不是去了那儿,因为,当然,他们不能同时出现在那座房子里,我猜布里姆和多萝西现在应该已经在那儿了。"

坎皮恩先生靠着椅背,向前伸展着他那又瘦又长的腿。

"这整件事真是有意思,"他温和地说,"但是我不明白,你说'那个老房子'到底是什么意思?"

"天哪,到最后了他还有事不清楚,"警官说,郁郁不乐的脸上一下亮了,"贝克,你告诉他。我就喜欢看他听点他不知道的东西。"

贝克冷静地看着坎皮恩。

"好吧,你知道的,坎皮恩先生,"他开始说明道,"会有人时不时从海外回到这里，想要倾尽所有买回本属于他的老房子。这类人有时候真是太蠢了，在船上讨论这些的时候，被一个狡猾的骗子给听去了。途中，那个骗子通常都能找到上当对象，然后斟酌着这场骗子游戏是不是值得他去冒险。要是值得，他会事先安排一个同谋，先得到那个房子。有时候他们会去很远的地方用很便宜的价去买房子，有时候就只是租下它。不管怎么说，他们都获得了所有权，之后，他们总是很小心地去挑选真正的有钱人，然后拖欠交易，清包走人。当然如果他们买了那个房子，那不算犯罪，但是在这个案子里，如果他们只是租住，那他们就是打错了主意，犯了事了，天知道会怎样。"

坎皮恩先生一时间没说话，警官大笑了起来。

"他这是在思考人类邪恶和足智多谋的一面，"他说，"有时候真是让我惊讶。你最好顺路去趟郡警察局。在那个家伙真的付钱前，他们什么也做不了，但是不管是他们还是我们，最终都会抓住布里姆和多萝西的。好了，好了，努力让大家都满意。你还有什么想要知道的吗？"

"是的，"坎皮恩慢悠悠地说，"是的，确实有。你是对的，但是有一点我完全不理解，之后我会跟你说。多谢你善意的提醒，很有指导性。等我回来再见。"

"噢，坎皮恩——"他正走到门那，奥兹叫住了他，奥兹的语气不像是在开玩笑。"提防着点布里姆。当他感到不安的时候，他会变得疯狂起来,这人骨子里就是卑鄙和邪恶的。"

"我的好伙计——"坎皮恩咧嘴笑着,"——没有什么我需要特别小心的。"

奥兹咕哝着。"我也不是那么确定,"他说,"但是,以后别说我没提醒过你。再见。"

坎皮恩回到他的公寓,被一位不速之客给留下了,第二天也不可避免地耽搁了,所以直到他回来的第三天下午,他才开着那辆拉贡达汽车驶进燕子大厅杂草丛生的车道。

这是座砖木结构的房子,狭长而低矮,夏日里玫瑰争艳紧簇,到了一月中旬,却是一副杂乱颓败的光景。小花园里都是荒荒,许多地方的铁栅栏也已破损不堪,未经修整的草坪上杂草蔓生。

坎皮恩缓缓走上那条布满苔藓的小道,他仿佛看见一片窗帘掉了下来,垂落到下面的一扇窗户下。手表里的声响也回应着这突如其来的可疑。门刚一打开,他发现自己正看着多萝西·道森本人。

他注意到多萝西那得体的穿着。她身上的乡村花呢乍看很好,但是寒酸,低调的妆容几乎令人无法察觉。多萝西直直地看着他,坎皮恩看见她眼睛里闪着光。

很明显坎皮恩不是她想等的人,但是她也不知道自己是不是认出他了,脸上除了礼貌便是疑问。

"是萨科力特夫人吗?"他问道。

"是的,你可以先进来吗?我去叫我的丈夫。"

她的声音非常温柔,然后很快就领着坎皮恩到了玛格丽特寒酸的客厅里。坎皮恩对此有点惊讶。尽管她还没有表现出任何焦躁的迹象,整件事已经在以最非同寻常的速度进行了,这让他想起来自己从没这么快就进到任何一座房子里。他瞄了眼自己的手表。

现在离三点还差一分钟。他听见门外大厅里一阵急促的脚步声,一秒后,伴随着门帘环的嘎嘎声,门被推开,塔比·布里姆急匆匆地走了进来。

他那张又圆又白的脸,映衬着整洁的黑色西装,给人一种飘飘然的、乐善好施的感觉。

灰色的头发比一般人还要长些,中分头整齐地梳到两边,营造出一种特别像读经师的气息。

他突然在门廊那停住,露出一副戏剧性的惊讶表情。

"什么,那不是坎皮恩先生吗?"他说,"多学好问的亲爱的坎皮恩先生。我可爱的妻子跟我说,她觉得就是你,但是也不确定。得了,得了,真是太遗憾了,你怎么选这个时候来,也不先打个电话呢?"

他有一副浑厚悦耳的嗓音,还带着一丝沙哑,他一直在说话,明亮的小眼睛扫射着整个屋子,一会儿看向窗外,一会儿盯着坎皮恩的脸。

他比坎皮恩要矮点儿，但是肩膀却更有力量，脖子也显得更宽些。

"真是遗憾，"他重复道，"现在这个时间真的是很不方便。我来看看，你该不会和警察有联系吧，对吧，坎皮恩先生？不过是个外行，我可以用这个词吧？"

坎皮恩耸耸肩。

"我是邦廷夫人的老朋友，"他说着，"这就是我来这的唯一原因。"

"噢，亲爱的！"布里姆睁大了那双圆圆的小眼睛，"噢，亲爱的，这是不是很有趣？你认识她很久了吗，坎皮恩先生？"

"小时候就认识了。"

"三十年？或者更久？"布里姆搓着他那胖胖的双手，"真是太不幸了。真的，没有比这更不幸的了。你是这么不可靠，我们的时间已经很短了，实际上——"他使劲拉着裤子表袋里的死亡链，"——真的一点时间也没有了。依我看，黑夜马上就要来了。举起你的手来，坎皮恩。"

这个新伎俩，坎皮恩觉得，算是大大增加了他的经验。布里姆又胖又白的手里转着把柯尔特短管转轮枪，变戏法似的，动作迅速又流畅，链子也跟着晃悠着。

"你正在犯一个极大的错误，布里姆。"他还要说下去，但是被人打断了。

"举起你的手。这是时间问题。举起手来。"

没有别的办法,坎皮恩只能配合他,举起了双手。

"转过身去。"温和的声音里都是自鸣得意,带着意料之外的严肃,"恐怕我不能让你待在客厅了。我们有一位重要访客,你明白的。他会三点准时到。多萝西,亲爱的——"

坎皮恩先生没有听到多萝西·道森进房间里来,但是有一把柯尔特式自动手枪极具威胁地顶在他的肩胛骨上,手腕也被迫给绑在了后面。绳子狠狠地勒紧皮肤,他马上知道这肯定不是她第一次绑俘虏了。他大胆又讽刺地向她表示祝贺。

"如果你愿意的话,最好别说话。"布里姆呼吸的气息在他脖子上萦绕,抵在他身上的左轮手枪枪口更加用力了一点,"这边来。多萝西,装篮子的橱柜那。我怕是得把你藏在一个潮湿的小洞里了,坎皮恩先生,但这是因为你自己不请自来,你知道的。走快点。"

穿过大厅,坎皮恩被拖到一个废弃的餐具室,就在玛格丽特放园艺花篮的地方。这确实是个潮湿的地方,混杂着老鼠的气味。

坎皮恩的脚刚碰到餐具室的石砖地面,他身后的那个人便跳了起来。这凶猛的一击完全没有任何预兆,没有一点防备,坎皮恩反抗着,但手枪的一记猛击,让他失去了知觉。

几分钟后他才清醒过来,他的脚踝因为被绑得太紧,麻痹无力,口中被塞了一沓纸，还用一条手帕紧紧绑住。

"塔比，他在这里。"

那女人的窃窃私语透过走廊穿过大厅，传到了坎皮恩的耳朵里，他听到布里姆回应的声音。

"那就让他进来吧，亲爱的。我会调整好自己的。那个愚蠢至极的家伙竟然挑这么不方便的时间过来。"

储藏室的门关上了，钥匙在门锁里轻轻转动，坎皮恩能听到脚步声，布里姆快步朝后面的房子走去了。他还没从刚才的暴击中缓过来，不敢轻举妄动地全力挣脱束缚，得等到完全恢复神志才行。

与此同时，还有很多东西他得注意。远处的大厅里，他能感觉到前门是开着的。坎皮恩专心听着，不过还没到竖起耳朵的地步。新来的访客努力抑制着说话的声音，试图柔和些，但还是失败了。他的军人腔调，虽不如阅兵般回荡在这座老房子里，但也足以让这四周的窗玻璃震慑回响。

"萨科力特夫人？收到我的来信了吗？你真是很体贴。你也知道，我刚到家，自然渴望再次来到这个老地方。还是和以前一样，一样。谢天谢地，一块石头都没少。"

这时候，那个陌生人忍着身体的不适，明显是擤了擤鼻子，坎皮恩先生睁大了眼睛，这回他竖起了耳朵仔细听着。有一种英国人是独一无二的。如讽刺漫画般，他们设计了一个个令人难以信服的场面。坎皮恩先生真希望他能看到掉入迪格比·塞勒斯先生陷阱的上当者，那个陌生人的声音听起来是如此真诚，这让坎皮恩想起，自见过警察后一直让他觉得困扰的一点，也是这一点让他来到燕子大厅，一头栽进现在的困境之中。

然后，他们貌似来了场导游式的参观。来访者洪亮的音调不时被那女人和布里姆虚情假意的轻声低语所打断，在整个屋子里间断回响。刚来的访客谈论的主题总是一样的。

"没变，没变。过去常来这里玩，你也知道。快乐的年少时光……童年，总是出丑，闹笑话。但还是很喜欢，你知道，特别喜欢。"

在装竹篮的橱柜里，坎皮恩先生试图挣脱束缚。他的手和脚都麻了，嘴里塞的东西让他觉得窒息。这场经历真是令人既痛苦又愤怒。他连试图发出点噪音也不行，不仅不可能移动，而且因为缺氧，加之刚才遭受的那一击，他还是感到很虚弱。

外面那群人现在似乎是去了花园里。来访者的声音虽然低沉，透过那板条抹灰的墙，也依然能听见。坎皮恩截取了一些支离破碎的语句。

"在伊普斯威奇待几天……你得想一想，你知道的……很多钱……需要修补。还有谁到过你这，你知道吗？什么？上帝保佑我的灵魂！"

接着是长时间的沉默，对坎皮恩先生来说，只有镶板上强烈的刮擦声,在他左耳边近乎破碎。他轻轻地咒骂着自己,闭上了眼睛。

等他再次醒过来,已是将近一个小时之后。这时门被小心翼翼地打开了,在大厅微弱的光线下,他看到一个宽阔的身影走了进来。

"我想我们现在得考虑一下怎么处理我们的另一位客人了,亲爱的多萝西。"布里姆的声音像是很满意,莫名带着点期待,"好了,坎皮恩先生,待得舒服吗?"

他蹑手蹑脚地走进死气沉沉的房间,用脚后跟狠狠踩着坎皮恩的上臂边缘。这个年轻人强迫自己保持着无意识的状态,让布里姆感觉没意思而停了下来。

"多萝西——"布里姆的声音很是尖锐,"到这来,点下灯。"

"好,怎么了?怎么了?你没杀了他吧?"

"这会有点棘手,不是吗?亲爱的。他可是警察的老朋友了。"

浑厚的笑声响起来,这并不完全是在开玩笑。

"哦,不——"女人听起来真的吓坏了,"你是疯了吗?这么残忍。你根本没必要像那样打他。要是你杀了他——"

"安静点,亲爱的。帮我把他弄出来。他还活着。"

他们一起把那个年轻人拖到大厅里,布里姆弯下腰,把坎皮恩嘴里塞的东西扯了出来。多萝西拿了杯水给他,坎皮恩先生喝了水,无力地说了句感谢。

听到他的声音，布里姆不禁暗自窃笑。

"好多了，好多了，"他一边说着，一边在外套两边擦着沁汗的双手，"这太不幸了。我不想给任何人带来不便，尤其是客人。但你要知道，这完全是你自己的错，因为你选了这么一个尴尬的时间。相信我，年轻人，如果你提前打个电话，任何时候都提前打个电话，结果都会有很大的不同。事实上，你让我感到很不舒服，我真的不知道该怎么处理你。要是你更可靠点的话就好了。"

他叹了一口气，站了起来，低头看着他的受害者，他那白皙的圆脸上带着一丝悲苦的笑。

"手腕怎么样了？"他马上又问道，"疼吗？怕是很疼吧。亲爱的，这就让人很为难了。一段时间内，你可能不得不保持这种状态。我不知道我还能做些什么，多萝西，亲爱的，你呢？因为他已经干涉到我的——呃——业务了，我怕是要让他待在这里，直到事情完成才行。坎皮恩先生，如果我让你走了，你就会轻易地坏了我的所有好事。"

坎皮恩先生痛苦地微颤着。

"希望你的访客会喜欢他的老房子。"他悻悻地说。

"噢，当然。"布里姆圆圆的眼睛变得精锐闪亮，"你偷听到他说话了，是吗？他的声音真是相当洪亮，对吧？我猜你应该是知道的。好了，那几乎是板上钉钉的事了，不是吗？现在你一定得和我们再待一两天了，我看是没有别的办法了。"

他沉默了一会儿，沉浸在年轻人的不安之中。

"是的，他确实很喜欢它，"他继续说着，整段对话中满是戏谑的嘲弄语调，"我想我可以放心地说，他绝对爱上这座房子了。真是个有魅力的男人，坎皮恩先生。每见到一个熟悉的场景，他的眼睛都会闪闪发光，要是你看到他那熠熠生辉的眼神，你都会被他感动到。我真是很受感触。我想我们上午就会收到他的回信，哦，是的，确实如此。当我告诉他我想把树给砍了，再把房子翻修下，他似乎感到很不安。"

坎皮恩睁开眼睛。

"我猜他应该不会去试着借一英镑吧？"他喃喃地说。

布里姆扬起了眉毛。

"不，"他说，"不，他没有。他不是那种人。真遗憾你不能见到他。"

坎皮恩先生开始大笑起来。虽然这样让他觉得身上很疼痛，但他真的被逗乐了。

"布里姆，"他虚弱地说，"你觉得有什么理由，可以让我帮你摆脱这些肮脏的麻烦呢？你应该得到你应得的一切。"

话一说完，他沉默了许久，闭着眼睛，一动不动。布里姆拉起椅子摇晃起来，那个骗子有一颗天生多疑的心。

"坎皮恩先生，"他平和地问道，"你到底为什么要来这里？"

"慈善之行。"坎皮恩先生的声音很微弱,但是充满愤恨,"像大多数慈善行为一样,被人误解。在我帮你之前,布里姆,你就见鬼去吧!"

"也许你可以更详细地解释一下?"轻柔的声音里充满和善,"我妻子现在在房子后面。我提这个是因为女人都太过神经质,你知道的,要是她在场的话,我可能会犹豫要不要劝你说得更多点。"

他开始用他那宽鞋跟缓缓压向坎皮恩的胫骨上,像是要烙下一个文身。

"上帝啊,你以为我在这儿干什么?!"坎皮恩义愤的声音显得很有说服力,"你以为我到这来,是为找你卑鄙的藏身地吗?那是警察的事。我本着一种非常友好的态度来到这里。碰巧有一个有用的信息,可以节省你的时间和金钱,而且因为你碰巧又在我朋友的房子里,我想摊牌之后,你可以减少一些对这个房子的反感,我顺便给你一个友情提示。但是你非但没有像任何一个神志正常的人那样听我说话,还开始了这种猴把戏。动动脑子,布里姆。"

"但是,坎皮恩,你让我别无选择。"布里姆含混的声音里,开始有些动摇,躺在地上的坎皮恩迅速抓住时机。

"该死的选择,"他兴奋地说,"你太过害怕不速之客的拜访,然后发现我来了,你就丧失了理智。如果你停下来想一想,很快就会反应过来,要是我真的不友好,我只会直接跑到县警察那里,他们一直在等待时机，等到你行动，他们就能立马盯上你，又体面又节省时间，在最佳时刻冲进来逮捕你。"

"但是，坎皮恩先生，考虑……"布里姆的声音不是很愉快，"设想你之前已经偶然来过这里……"

坎皮恩和他争论起来。"这是任何人都可以偶然拜访的地方吗？"他质问道，"邦廷夫人现在在法国南部，我三天前才从她那过来。她向我描述你妻子样貌的时候，我就认出来了，那天早上我去她们住的院子拜访时，她们很友善地跟我说了你可能在玩的把戏。我知道你不知道的一些事情，怀着一种极为友善的兄弟之情赶来找你，而不是找警察。现在，相信我，我一点都没感受到那种兄弟情谊，你只管坐在这里等着复仇女神好了。"

"哦，坎皮恩先生。"布里姆现在不再开他那戏谑的玩笑，声音和态度都变了。他仍然很谨慎，但眼睛里却显得很焦急。"我对你的话开始感兴趣了。"

"很可能，但我很痛苦。"坎皮恩暗示道，"我的手腕一阵刺痛，我感受到的都是恶意。在任何情况下，你要是有点理智，就该给我松绑。毕竟，你有枪，我没有。"

这个请求的合理性对这个骗子来说似乎很有效。他小心地剪断绳子，向后退了一步。

"如果你不介意的话,我想我会离你的脚远一点,"他说,"毕竟我不像以前那么敏捷了,我根本没法信任你。"

坎皮恩先生扭动着坐了起来,揉擦着受伤的手腕。一头金发蓬松而又凌乱,面色苍白,眼睛里满是愤怒。

"现在,你打算做什么?"他问道,"你这是严重的人身攻击,你知道的,而且是谋杀罪。"

布里姆皱起了眉头。"你可能在撒谎。"他轻声说。

"天哪,长点心吧。"坎皮恩愤怒地回道,"我来这里还有什么其他合理的解释吗?难道我没有告诉过你这就是明摆着的事实吗?同样的情况下,难道我的行为和其他任何神智正常的人有什么不一样吗?你才是那个失去理智、陷入困境的家伙。不过,我会比你多一丝礼貌,以证实我的好意。我告诉过你我从小就认识邦廷夫人,我没有提到的不过是,我还认识她的父亲和母亲,他们都住在这座房子里,直到他们去世才不得不出售。我想是邦廷夫人的丈夫买了它。现在你明白我的意思了吗?"

塔比·布里姆坐在他的椅子上,圆润的脸庞比之前更加苍白了。

"是的,坎皮恩先生。"

"玛格丽特·邦廷是独生女,"坎皮恩先生继续说着,仍然是一副满是疲惫的愤怒的样子,"所以,不管是哪个吵闹的中年男人,跑到这来咆哮,哀叹这是他的老家,都是假的,我可怜的朋友。就像你一样,都是满腹阴谋,他不过是另一个骗子,累积贷款,或是一张空头支票,或者任何一个精心设计的骗局就是他的特殊专业。事实上,这些你都做过。现在你还感动吗?"

布里姆收紧下巴,说:"但是塞勒斯……"

坎皮恩先生嘲笑道:"我看到塞勒斯在蒙特卡洛,相信我,他不会欺骗一个保姆的。不,你有位海外朋友看见塞勒斯在一艘船上,认识了一个很有钱但很懦弱的兄弟,他把他当傻瓜,相信时机到了,他会跟你斗智斗勇的。你最好勇敢面对。"

布里姆站起来,慢慢地在房间里踱步。他的肩膀宽厚,胳膊短小有力,看上去就像个危险的小家伙。很明显,他正在脑子里反复思索着坎皮恩说的话,发现都很有说服力,令他不快。

突然,他转过身来。

"不,坎皮恩!"他厉声说。

坎皮恩的手从脚踝的绳子上收了回来,镇定地看着指向他的枪口。

"好吧,"坎皮恩说着,又耸了耸肩,"但坦率地说,我不明白这一切有什么意义。你到底要做什么?我是说,考虑到这所有的事实,你到底想做什么?"

"之后你就会知道你是不是对的了。"

"你什么时候发现我的?"

那个男人大笑一声。

"我当然不会再浪费我的时间跟你费唇舌了,"他说,"我们会清理好一切然后离开。不幸的是,我没法相信你不会干涉我的事,所以自然得把你留下来。我知道这是个寒气很重的房子,但是你很坚强。我想他们找到你的时候,你应该还活着。"

坎皮恩先生露出了难以置信的表情。

"但对你而言,这是自杀,"他说,"苏格兰场知道我是来找你的。如果我死了,他们肯定会逮捕你,布里姆。"

穿着一身整洁深色西装的布里姆摊开双手。

"这是我必须冒的风险,"他说,"我会留话叫一个村妇周一来打扫卫生。如果她尽职尽责,那好,你只要熬过这四天的时间就好了。"

坎皮恩僵直地坐着,盯着他,面色苍白,双眼看起来满是愤怒,布里姆感到很好笑。

"我亲爱的妻子说,外面厨房里有老鼠。"他又开始说,"当然,它们会紧紧抓着你取暖。要是它们不饿的话,还算是很友善的小东西。"

他的声音又变了,有那么一瞬间,像是有一股怒火在燃烧。

"如果你是对的,我希望警察从你身上开始查起。"他说,"瞧,这个想法对你来说太过沉重了,是吗?"

坎皮恩先生双眼紧闭，剧烈摇晃着，一屁股重重跌倒在石砖上，脸色惨白，嘴也不自觉地张开了。布里姆小心翼翼地往坎皮恩的肋骨上踢了一脚。没有生气的身体翻滚着，布里姆大笑起来。

他把枪塞进口袋，向前走去，弯下腰，掰开坎皮恩的眼皮。由于他那肥胖的身体，他得跪下来才行，刚摇晃着弯下身去，一只如小偷般敏捷的手正悄悄移动着，坎皮恩长长的手指马上拿到了那支小手枪。

"退后。快点，不然我崩了你。"

这突然的动作和有力的声音吓了布里姆一跳，坎皮恩趁机一手撑着坐起来，左轮手枪对准了布里姆。后者飞快地向后退，受惊地靠在对面墙的镶板上，坎皮恩咧嘴笑着。

"无疑，没有任何理由能让我不杀了你。"他说道，"我这算是真正的自卫反击，这就是我比你高明的地方。把你的手举起来，离开那个铃铛。"

布里姆没有犹豫。

"我要报复你，坎皮恩。"他哑着嗓子说，"你给我带来了那么多坏消息，这让我很气愤。"

"好了，做决定吧。"坐在地上的坎皮恩被逗乐了，"这算是你的幽默还是坏脾气？别动！"

一个完全意想不到的发展让坎皮恩发出了最后警告。大厅另一端的大门正悄悄移动着。坎皮恩一直拿枪对着布里姆。

"现在到那边去,"他低声说,"不然我会开枪的,记住。"

那个骗子顺从地朝那扇正被打开的门走去,举起了双手。坎皮恩所在的地方视野极佳,接下来发生的一切尽收眼底。一个面红耳赤、满头白发的陌生人跨过门槛,小心翼翼地走着,避免发出任何声响,当看到布里姆时,他很自然地停下来。

"请原谅,"他脱口而出,睁大明亮的眼睛,绯红的脸上尽显局促,"本不应该像这样来讨价还价的。我太蠢了。"他清了清嗓子,"我来跟你说说到底发生了什么。事实上,当我决定要达成这个协议的时候,我都快到伊普斯威奇了。回来以后,走到这边大门口,看到门没有锁好,就忍不住进来了,像三十年前那样。天啊,不要那样看我。你举起手来干什么?"

"噢,我的帽子。"坎皮恩不耐烦地嘟囔。布里姆很快钻了个空子。

"小心!"他大喊着,跳到满脸疑惑的到访者身后,往开着的门那边逃走了。

坎皮恩开枪了,但是避开了那个陌生人,打在门框的木头上,到处是裂开的碎屑。

"上帝保佑我!"那个陌生人往大厅的阴影里瞥了一眼,突然看见坎皮恩还坐在地上。"你开的火?"他质问道,"你不能这么做,小伙子。

起来,像个信徒一样去战斗。哦,我明白了,他把你给绑着了,是吗?你在这做什么?偷东西吗?把枪拿开。"

面对这种不平常的情况,可以说,他的平淡反应对这个年轻人产生了深远的影响。对坎皮恩来说,这个陌生人简直就是他所认为的完美典范,怀疑他的正直就与怀疑纳尔逊纪念碑是用石膏建造的一样毫无必要。

"我说,这真的是你的老家吗?"他听到自己很愚蠢地问道。

"当然。我一生中最美好的时光都是在这座房子里度过的,我希望能在这里度过余生。不过,这和你好像没什么关系。抓住他,萨科力特?"

他说得太早了,布里姆还在后门那鬼鬼祟祟地慢慢爬向坎皮恩。就在布里姆跳过来的时候,坎皮恩摇晃着,把枪从手里扔出去,沿着石头地面滑向那个陌生人。布里姆随即去抢那把枪,但是立马被坎皮恩揪住了衣服翻领,在地上滚在一起。

"捡起来!"他喊着,试图让自己的声音里充满威慑力,"把枪捡起来,这个家伙很危险。"

布里姆的手掐住坎皮恩的喉咙,生硬的手指刺进他的脖子,坎皮恩感觉快要窒息了,他发现自己越来越无力。

"当心,你会杀了他的!"陌生人浑厚的声音在房间里回荡,"站起来,先生!我来给你掩护。你这该死的,你在干什么?这小伙子被绑住了。"

他的话产生了震慑效果。布里姆松开了手指，蹒跚地站起来，浮肿的脸上扭曲着蔑视的鬼脸。

"我怕是有点忘我了。"他说，"他吓到我了。我可以拿枪吗？"

"不行！"

坎皮恩嘶哑的恳求声里有些发狂，那个陌生人后退了一步。

"等一下。"他说，"保持距离，先生。给这个小伙子松绑。如果你不介意的话，我想把这一切都说清楚。"

"哦，好吧，真的。"布里姆重回到他之前的逢迎语气，"这是我的房子，你知道的。"

"撒谎。"坎皮恩再次低声说，"别让他拿枪。"

"不是他的房子，什么？"那个陌生人好奇地抓住了这个暗示，"岂有此理，这是谁的房子？我一定要弄明白，你们俩都要解释清楚。"

"适当的时候会说的。"布里姆向前走去，"我先去拿枪。枪——枪是很危险的东西。"

"你在说什么？往后退！"老人展现出一股不同寻常的气势，"这个家伙刚说了件很严肃的事情，我想我需要一个正当的解释。坦白说，萨科力特，你说今天下午有一两件事要办，这让我不禁有点怀疑。你知道之前你指着草坪上的老核桃树，告诉我说去年树上长了好些梨吗？

当时我以为这是口误,但我现在怕是要重新考虑一下了。"

布里姆退了回来。

"这是暴行,"他愤怒地说,"居然在自己的屋子里被当成人质劫持。"

老人蓝色的眼睛里闪着怀疑的光。

"这是谁的房子?"他问道,声音提高了点,"最后一次机会,先生,这到底是谁的房子?"

"是我的房子。有什么问题吗?"

突然从身后传来一阵悦耳的声音,吓了大家一跳。是玛格丽特·邦廷,后面跟着简、萝丝和爱丽丝,还有一个拿行李的出租车司机,他们正走进大厅。玛格丽特很是疲惫,头发蓬乱,却依然魅力十足,任何情况下都是一副女主人的模样。

那个陌生人把枪扒到身后,向后退了一步。布里姆显得手足无措,而坎皮恩先生则一动不动地待在原地。玛格丽特正要脱下她的旅行外套,一下看见了坎皮恩,停了下来。

"哦,艾伯特,"她说,"你在这里真是太好了!我一开始没看见你。我们一收到你的电报,亲爱的,就马上收拾好行李,尽可能快地赶回来了。你到底在干什么?你的脚踝……亲爱的,发生什么事了吗?"

她转过身去看着其他人,眼睛一下越过了对她来说并不重要的布里姆,直直看着那个陌生人。那个男人也盯着她看了一会儿,眼睛也变得更加猩红，最后终于吐出了一个词。

"梅吉！"他说。

玛格丽特·邦廷丢下她的大衣、手套和旅行毯，里面包着成功逃过海关的两升半古龙香水。她的尖叫声里表现出一种纯粹的喜悦。

"莫蒂！"她说，"哦，莫蒂，亲爱的，你太令我吃惊了！"

坎皮恩先生弯下身，开始解开绑住他脚踝的绳子。他看着布里姆。

"二十四小时。"他意味深长地说，"这可比你应得的还要多。"

布里姆瞥了他一眼，点了点头，面无表情，没人注意到他径直往内门走了。

坎皮恩费力地爬到一把椅子上坐下，玛格丽特拉着那个陌生人走到他面前。

"这一切不是很奇妙吗？"她说着，眼神里舞动着兴奋与激动，"莫蒂说，你俩之前还真没见过。亲爱的，这就是莫蒂本人。我好多年没见到他了。他过去住在种植园下面的小屋里，我们小时候经常一起玩。工作的时候，他总是那个最聪明的男孩！他走的时候我还哭了。他一直承诺会回来，给我买下这栋老房子，但我从来没有相信过他。当然，我们两个人也没写过信。你知道这是怎么回事。现在他在这里！莫蒂，你一点都没变。"

"我从来没有忘记过你，梅吉。"那个陌生人似乎突然克服了羞怯，

"事实上，我来这里是希望——是希望——"他咳嗽着，擤了擤鼻子，避开了一个危险的话题。他说："得知那家伙买了这栋房子，我很难过。顺便问一下，他在哪儿？刚在这发生了些很有意思的事，梅吉，我们要听听你的解释。我完全搞不清楚了。那个男人是谁，萨科力特？"

"噢，萨科力特夫妇！"玛格丽特惊愕地想起了他们，"我把他们全忘了。你回来了，我脑子都空了，莫蒂——我把房子出租了。如果一切正常的话，我不会在这里。发生了什么事，艾伯特？萨科力特在哪里，亲爱的？"

坎皮恩不再按摩他受伤的脚踝。

"要是你仔细听的话，"他说，"你会听到他们的车子已经启动离开了。如果我是你，我会忘记他们的。因为某些事情，相当长的一段时间内，我们都不会再听到他们的声音了。"

玛格丽特皱着眉头，事情太复杂，她放弃再讨论这个话题。

"我们要不要来吃点东西，喝点什么呢？"她建议道，"你们不觉得食物会有助于思考吗？等我们吃完了，你俩必须告诉我这一切是怎么回事。莫蒂，你能拔下这个软木塞吗？"

"来了，亲爱的。"陌生人在她身后大步走着，每一步都像是重返青春。

坎皮恩艰难地站起来，练习着走路。

那天晚些时候，坎皮恩和莫蒂坐在那个破旧大客厅的炉火前聊着。玛格丽特在一阵回忆的狂欢后，回到卧室睡下了。莫蒂则深情地环视着屋子。

"就像我记忆中的那样，"他说，"真是愚蠢，我一直把这个地方称作是我的老房子，让大家觉得困惑。但我一直都这么觉得，你懂的。"

坎皮恩先生看着炉火。

"考虑买下这栋房子了吗？"他问道。

莫蒂望着他，睁大一双明亮的蓝眼睛。

"嗯，"他含糊地回答道，"我刚找回了我所寻找的东西，难道你还不知道吗？"

玩笑的尽头

"这一切的源头都是因为那张'失踪人员'的通告。"卢克警官边说边假装打开一本账簿，装出一副耳后夹着铅笔的样子，"有个女人昂首阔步地冲进来，我并没有看她，但是你能感觉到她那铜黄色的皮肤在渐渐靠近。她看起来很聪明，就算你坚决反对，她依然会随心所欲、自主行事。当我听说是她的老板而不是亲戚消失得无影无踪时，我才明白过来她想要了解些什么。她说的故事非常清楚，做事也很有效率。"

当他娓娓道来时，一点也不介意自己所扮演的角色，他紧了紧臀部上的夹克下摆，用力往前扬了扬下巴，给人一种挑衅和压迫感。"她说，这名失踪人员叫约翰·约瑟夫·米勒，是一家名为'妙语'的小公司的老板,因为穿了一双很特别的靴子,走起路来有点跛。他有一排大龅牙,一双灰色的眼眸,戴着金色边框的眼镜,总是穿着棕色的衣服。那位女士叫希尔达·奎德利普,是公司仅有的另一名成员。他们在卡斯塔达大道外有间办公室,主要为餐饮行业提供创意品——香肠、饰带、纸帽和狮子粉——类似这样的东西。"

"狮子粉?"他的朋友兼搭档坎皮恩说,他也不想打断卢克,但是确实很在意这到底是个什么东西。

"能帮你逃离狮口的粉。"卢克按他自己的意思随便给了个解释,"让你大打喷嚏,然后把野兽吓跑。好吧,他们销售这些东西,绩效也还可以,奎德利普小姐承担了所有的工作。她有权开具支票、批发商品,所以也就没太多事情需要米勒去做。据我所知,米勒是想来就来,想不来就不来的。突然有一周,他一天也没有到过公司,她也没在意,继续往日的工作,但是接下来的一周,再接下来的一周,他都没有来上班。然后,希尔达发现他好些日子没有取钱了,片刻后,她开始害怕起来。这好像也不是因为公司业务出了什么问题。我曾经想过这种可能性,但是显然,公司运转一切都好,财源滚滚。奎德利普小姐就是公司的主要业务,所以她都知道。我也确定她能做到。"卢克突然停了下来,伸手拿起他的玻璃杯,站着啜了口水,明亮的眼睛上方蒙着一条阴影,"她告诉我她已经去过米勒独居的公寓了——他是个单身汉——但是既没法进去，也没有听到任何关于他的消息。她给医院打了电话，还询问了停尸房，最后她还是回到那间公寓，就是贝德福德广场后的其中一座老房子，他住在顶层。希尔达从消防通道爬上去，进到了房间里。但是她见到的东西，却让她吓得魂不附体，我敢肯定地说，她在叙述的时候确实也吓了我一跳。"

卢克犹豫了一下，思忖着能表现当时迷乱困惑的句子，最后终于郑重地说，"他不在那，但是他的大部分又在那，要是你能明白我的意思就好了。"

"恐怕不能。"坎皮恩先生说。

"好吧，首先，他的牙在那。"卢克用他的手随意摆出一排野蛮突出的长牙的样子，"他的衣服、手表、笔记簿、戒指和靴子——有一只看起来像是做过修整——他的钥匙、晨报，晨报上的日期是他最后一次去公司的日子，最后还有他的眼镜。这所有的东西都在屋里，在壁炉的大椅子周围，异常奇怪地摆放着。"他用一种惊人又生动的方式解释着他的说法，拉了拉衣服，继续说，"这是我见过的最怪的事了。内衣就在套装外衣里面，衬衫和衣领也都好好地扣着，衣领上还挂着领带，绑带的靴子里还有袜子。戒指躺在平时搁手臂的椅子扶手上，旁边是扣好的手表。"

"我的天，"坎皮恩先生惊讶地眨眨眼，"牙呢？"

"牙就放在椅子靠背的顶上,周围还有眼镜,都被一顶帽子给遮住了。"卢克突然大笑起来,"我的报告读起来有点像星际穿越的科幻小说了,"他继续说道,"或者要是我没这么仔细的话,它真就是了。这些都跟它有关。'在第四维空间中吃午餐。'发现这个东西被钉在门上,我就不该为此感到惊讶。"

"有趣。"坎皮恩先生赞赏地说,"那位女士了解你的推断吗?"

卢克咧嘴笑着。"被潜移默化了一点点,"他承认道,"至少她一直在用红色的长指甲戳我,说着:'他不见了!看!他不在这!'直到我给我们俩都安排了点活干她才停下来。'例行公事,'就像老师曾告诉我的那样,我跟她说,'这会给我们答案,要是有答案的话。'然后我开始认真思考起来。"他再次坐到炉火旁。"还有很多事要做,"他回忆道,"我找到的关于那个家伙的事情越多,似乎知道得越少。他看起来并没有在当地饭馆吃饭的习惯,也没有在公寓里做过一顿饭,里面没有任何食物或餐具。两年前,他在租这座公寓的同时,开了那家公司,租公寓比租公司的办公室要早一个季度。没人知道有没有人进去为他打扫,这栋楼里似乎没人知道他的任何事情,甚至楼下的人都不知道最后一次在楼道里见到他是什么时候。他们说无论晚上还是白天,他们不在的时候也从没有听说过他。米勒房间里的家具、衣服极少,唯一的私人物品貌似只有一些自然科学的书和数不清的连环漫画。"

"真的？"

"对。小孩子的玩意儿。没什么轰动的，都是些消遣的小东西，很容易读。除了现金、邮票和一两封商务信件，钱包里没什么别的东西。"卢克往后靠在椅背上，暗色的脸上因为想起这些充满了好奇的生气。"所以这就像是艰难的家庭作业。"他接着说，"我总觉得自己欠这个案子些什么东西。它教会我什么叫作'辛勤工作'。我在它身上花了九个多月的时间，大部分调查都是在日常工作的间隙中进行的。我没什么运气。我们找了很多牙医技师，没有任何一家承认这些牙齿是他们做的，那双靴子也是一样的情况。同时那个女人还不断来打扰我们，他们的业务正不断增加，她得跟某个人说说抱怨抱怨。"卢克不断摩挲着他的头发，直到它们都立起来了。"那是段让人不安的时期，"他说，"老乔治·布尔当时是刑事侦缉部的警长，他也没有让事情变得更顺利些，他算是还在的最可怜的老家伙了。由于各种各样的事情，到最后我几乎都要得胃病了。刑事侦缉部就在老圣玛丽车站，有一天，我坐在侦缉部的角落里，看到面前地板上放着那只该死的靴子，突然有种想要试穿一下的冲动。穿起来特别合适，我还在房间里走了一圈。天哪！我感觉自己像灰姑娘一样！"

他偷偷看了坎皮恩一眼。"靴子没有被修整过。这是个舞台道具。在此之后，事情就容易了。我顺便去了趟佩恩斯，戏剧演员是唯一会穿这种靴子的人了,我从他们那得来一个地址。二十分钟后,我带着包裹来到一个特别漂亮的牙医候诊室,坐在一堆读物中间,不久,便进到了充满希望的牙医室里。那位牙医背对着我,正冲洗他的双手。当他转过身来时,我着实一惊。我什么也没说,只是打开包裹里的东西,跟他站在一起,盯着那些东西看。"

"只有两类人会变成牙医,"他继续说道,"一类是热爱这门职业的人,一类是感到痛苦的人。再琢磨琢磨,你就会明白我是对的。我要说的这个家伙就属于后者。他既不是个跛子,也没有龅牙,他根本不戴眼镜。"

"把他当作米勒先生的人根本就认不出他。很明显,他已经为此成功训练多年,他像受难者一样感到苦不堪言。我一见到他,一切便都明白了。当所有的日子变得过于苦闷阴郁,为了偶尔能从中逃离,他开了一个天大的玩笑。他一直想让我来叙述所有的事情,现在我也没什么更多要说的了。"

"最后我只是把东西给他,我问道:'先生,这些是你的东西吗?'他说:'是的。把它拿走,你是个好人。我——我已经和这些没关系了——一点也没有。这样可以吗?'我说这与我们无关,但也有关。他看着我走到门口,就在我走出去的时候,他看着我,就像一个留恋的孩子。'别让她找到我,'他轻轻地说,'她把一切都搞砸了。刚开始的时候,这是场多么完美的逃离，但是渐渐地，它正把我无可挽回地引向一个更加牢固的监牢。我必须从她身边逃走，我走得很坚决。我想我已经说得很明白了。'"

坎皮恩先生站起来。

"真是个悲伤的故事。"他说。

"不全是。"卢克笑着，"当我回到侦缉部时，我去找了老乔治·布尔，他正坐那看着窗外，愁眉不展，我侧身走近他，特别近。"

"'警长，'我轻声对他说，'你一直说想退休。有一个业务正兴、操作又简单的小公司，还有一个做事特别有效率的合伙人，要是跟她一起经营这家公司的话，你感不感兴趣？这会让你每天都过得精彩又有活力，没有尽头。'"

图书在版编目（CIP）数据

二次谋杀奇案／（英）玛格丽·阿林厄姆著；季霜译．——上海：上海文艺出版社，2020（2021.11重印）
（域外故事会侦探小说系列．第一辑）
ISBN 978-7-5321-7341-9

Ⅰ．①二… Ⅱ．①玛… ②季… Ⅲ．①侦探小说－英国－现代 Ⅳ．① I561.45

中国版本图书馆CIP数据核字（2019）第176283号

二次谋杀奇案

著　　者：[英]玛格丽·阿林厄姆
译　　者：季　霜
责任编辑：蔡美凤
装帧设计：周艳梅
责任督印：张　凯

出　　版：上海文艺出版社
出　　品：上海故事会文化传媒有限公司
　　　　　（201101 上海市闵行区号景路159弄A座3楼 www.storychina.cn）
发　　行：上海文艺出版社发行中心
　　　　　（上海市闵行区号景路159弄A座2楼206室）
印　　刷：上海中华印刷有限公司
开　　本：889毫米×1194毫米　1/32　印张7.25
版　　次：2021年2月第1版　2021年11月第2次印刷
ISBN：978-7-5321-7341-9/I·5837
定　　价：35.00元

版权所有·不准翻印

上海故事会文化传媒有限公司 出品（00996）www.storychina.cn
想看更多精彩故事？扫码下载故事会APP

上海故事会文化传媒有限公司所有图书可办理邮购，免收邮费(挂号除外)
汇款地址：上海市闵行区号景路159弄A座2楼206室(201101)；
收款人：上海故事会文化传媒有限公司出版发行部　联系电话：021-53204159
如发现本书有质量问题，请与印刷厂质量科联系 T：021-60829062